novum pro

Gabriela Meyer

Endlos verbunden

novum pro

www.novumverlag.com

Bibliografische Information
der Deutschen Nationalbibliothek:

Die Deutsche Nationalbibliothek
verzeichnet diese Publikation in
der Deutschen Nationalbibliografie.
Detaillierte bibliografische Daten
sind im Internet über
http://www.d-nb.de abrufbar.

Alle Rechte der Verbreitung,
auch durch Film, Funk und Fernsehen,
fotomechanische Wiedergabe,
Tonträger, elektronische Datenträger
und auszugsweisen Nachdruck,
sind vorbehalten.

© 2021 novum Verlag

ISBN 978-3-99107-866-1
Lektorat: Mag. Elisabeth Pfurtscheller
Umschlagfotos: Chernetskaya, Iamguru,
Veronika Oliinyk | Dreamstime.com
Umschlaggestaltung, Layout & Satz:
novum Verlag

Gedruckt in der Europäischen Union
auf umweltfreundlichem, chlor- und
säurefrei gebleichtem Papier.

www.novumverlag.com

*Manchmal begegnen sich zwei Seelen
und verabreden sich stillschweigend
für später, um ihren Menschen
die Zeit zu lassen, die sie brauchen.*

*Es gibt Verabredungen, die lange vor unserer
Erdenzeit vereinbart wurden.*

*Und so begegnen sich Seelen von Zeit zu Zeit,
von Leben zu Leben, in anderen Körpern und
vielleicht in einem anderen Geschlecht ...*

Autoren unbekannt

Inhaltsverzeichnis

1. KAPITEL
Manche von uns haben mehr als ein Leben 9

2. KAPITEL
Wenn die Vergangenheit dich einholt 19

3. KAPITEL
Das Herz auf den Tisch legen 37

4. KAPITEL
Unbekannte Gefühle 55

5. KAPITEL
Von Träumen, Visionen und
anderen Seelengeschichten 65

6. KAPITEL
Der siebte Himmel kann
auch zugleich die Hölle sein 72

7. KAPITEL
Wirre Träume und irre Tatsachen,
schlimmer geht immer 83

8. KAPITEL
Nötige Entscheidungen 92

9. KAPITEL
Wird doch noch alles gut? 100

10. KAPITEL
Seelensex 110

11. KAPITEL
Unverhofft kommt oft 115

12. KAPITEL
Zwischenwelten 123

13. KAPITEL
Neuanfänge schmerzen nicht, ein Rückblick 127

1. KAPITEL

Manche von uns haben mehr als ein Leben

Ich lebe ein, oder sagen wir vielleicht besser zwei, wunderbare und glückliche Leben in großer Freiheit und persönlicher Unabhängigkeit. Mit viel Spaß, Freizeit und jeder Menge Freu(n)de. Und auch der Genuss kommt nicht zu kurz, ganz im Gegenteil …

Aber bevor ich euch mehr davon erzähle, erst einmal ein paar grundsätzliche Details zu mir, meinem Leben und meiner Welt oder eben Welten, in denen ich lebe. Meine Eltern haben mir vor fast 30 Jahren den originellen Namen ALEA verpasst. (Vielen Dank noch einmal an der Stelle!) Als Kind litt ich unter einem Namen, den fast niemand kennt und wohl keine Zweite trägt. Inzwischen habe ich mich jedoch recht gut damit abgefunden und finde ihn sogar ganz schön. Ich war ein ziemlich verwöhntes Einzelkind. Meine Eltern waren, wie man so schön sagt, gut situiert und schon ein wenig älter als die Mütter und Väter meiner Altersgenossen. Diese Tatsache und das viele Geld waren weitere Bestandteile der paar wenigen und gut erträglichen Spötteleien, welchen ich in der Schulzeit ausgesetzt war. Ich erlebte eine wunderbare Kindheit in einer glücklichen, aufmerksamen und liebevollen Familie. Wir lebten in ländlicher Umgebung in einem kleinen Dorf. Zu unserem Besitz gehörte auch ein eigenes Stück Wald, in dem ich stets jede Menge fantasievoller Abenteuer erlebt habe.

Meine Eltern verlor ich durch einen tragischen Unfall, als ich noch keine 20 Jahre alt war. Es war eine harte und sehr prägende Zeit in meinem Leben. Seither bin ich ganz allein, aber dennoch gut über die Runden gekommen. Das Erlebnis hat meine Unabhängigkeit enorm gefördert und das nicht zu verachtende

Erbe hat mir immer finanziell den Rücken freigehalten, auch wenn ich dieses Polster bisher nie wirklich angerührt habe. Ich lasse das Geld, mit einem guten Anlageberater, stetig für mich arbeiten. Ich wollte immer auf eigenen Beinen stehen und möglichst unabhängig sein.

Optisch bin ich eine mittelgroße, eher zierliche, aber dennoch sportlich-athletische Erscheinung mit den Rundungen an den richtigen Stellen, wie die Männerwelt mir früh genug bestätigte und mitzuteilen pflegte. Ein dem typischen Klischee der doofen Blondine eher widersprechendes Exemplar, trotz der schulterlangen gelockten hellblonden Haare und der blaugrünen Augen. Da ich sehr humorvoll bin, mache ich jedoch oft selber irgendwelche Blondinenwitze. Ich finde, wenn jemand das Recht dazu hat, dann wir Blondinen. Ich mag mich und bin mit meinem Aussehen immer mehr als zufrieden gewesen, aber ich bilde mir auch nichts darauf ein! Ich bin einfach dankbar, dass die Natur mich diesbezüglich besonders begünstigt hat.

Außerdem bin ich im Innersten ein sehr bescheidener und zufriedener Mensch. Materiellen Wohlstand kann ich zwar durchaus genießen und weiß ihn auch sehr zu schätzen, aber ich identifiziere mich nicht damit und es imponiert mir nicht, wenn jemand mit Geld herumprotzt. Im Gegenteil, solche Typen finde ich schlichtweg zum Abwinken! Ich lege mehr Wert auf innere Qualitäten und die Authentizität, mit welcher ein einzelner Mensch sein Leben lebt. Zudem bin ich sehr tolerant und vorurteilsfrei und mag ungewöhnliche Lebensphilosophien. Monogamie zum Beispiel ist für mich ein Gräuel, eine Erfindung der Kirche, um den Menschen weiszumachen, Liebe sei dasselbe wie körperliche Treue. Ich liebe die Männer und die Menschen generell, jedoch lasse ich mich von keinem besitzen und kontrollieren.

Meinen Lebensunterhalt verdiene ich inzwischen auf eher unkonventionelle Art und Weise. Ich bin sogar geneigt, im Liegen zu sagen, aber das würde auch nur bedingt der Wahrheit entsprechen. Ich nehme kein Blatt vor den Mund und erzähle euch, wie es wirklich ist … Eigentlich müsste ich inzwischen gar keiner bezahlten Tätigkeit mehr nachgehen, aber wenn einem das Geld auf so leichte Art und Weise und in derart angenehmer Form zufliegt, wieso soll man da Nein sagen?! Ich habe das nicht so geplant oder bewusst gesucht, es hat sich halt einfach so ergeben und für mich wundervoll gepasst.

Ob ich ein Flittchen bin, fragt ihr euch jetzt sicher. Das ist wohl eine nahe liegende Vermutung und berechtigte Frage dazu. Und obschon ich mich selbst nicht zu den üblichen Kategorien der „leichten" Mädchen zähle, trifft es wohl irgendwie doch ein bisschen zu, je nach Ansichtsweise. Denn ja, ich bekam und bekomme als Gegenleistung für meine sexuellen Gefälligkeiten und meine Gesellschaft (verlockend viel) Geld. Aber bei Weitem nicht jeder Mann durfte oder konnte deshalb auf meine Dienste zählen. Im Gegenteil, ich suche mir die HERREN wenn, dann schon selbst aus!! Und eigentlich sind es inzwischen auch nur noch zwei Männer, welchen ich diesbezüglich zur Verfügung stehe. Das dafür aber wöchentlich jeweils einen ganzen Abend lang und das schon seit etlichen Jahren …

Da ist als Erster mein Dienstag-Abend-Mann: Steve oder wie von mir auch genannt der BOSS. (Jeder Mann kriegt bei mir seinen Spitznamen.) Er war und ist der Grundstein meines zweiten, eher geheimen Lebens. Zu seinem Namen kam er, weil er auch in meinem anderen, „braven" Leben wirklich mein Boss ist – schon seit ich damals, kurz nach dem Tod meiner Eltern und ziemlich frisch nach der Ausbildung bei ihm in seinem Riesenbetrieb anfing. Das war vor über zehn Jahren. Er war damals 30, äußerlich eine äußerst attraktive Erscheinung mit seinen tiefschwarzen, stets modisch kurz geschnittenen Haaren und den geheimnisvollen grünen Augen. Groß, sportlich und ein Mann, der genau wusste, was er wollte. Einer, der erfolgreich, zielsicher und manchmal eiskalt seinen Weg und seine Pläne verfolgte. Er hatte die Firma ein halbes Jahr zuvor von seinem Vater übernommen und der frische Wind, den er in den Betrieb gebracht hatte, (was bei Weitem nicht jedem dort gefiel!) wehte noch immer um jede Ecke in dem imposanten Firmengebäude. Aber für die weiblichen Angestellten war er natürlich in erster Linie der begehrteste Junggeselle in der Stadt und sie schmachteten ihn mehr oder weniger offen an.

Ich fing damals als Sachbearbeiterin für die Personalabteilung in seiner Firma an. Hatte mit ihm direkt nichts zu tun und bei der unüberschaubaren Anzahl an Mitarbeitern war es also kein Wunder, dass wir uns monatelang gar nie begegnet sind. Natürlich kannte ich sein Gesicht aus der Zeitung. Er war ja ständig Bestandteil der Klatschpresse, weil er stetig mit wechselnden Schönheiten im Arm irgendwo abgelichtet wurde. Dann wurde wieder eine Weile spekuliert, ob dies wohl seine künftige Frau werden könnte. Er war im besten Alter, um mit der Familiengründung zu beginnen, und machte keinen Hehl daraus, dass er dies auch plante. Die Frauen umschwirrten ihn wie Bienen den Honigtopf und eine jede wollte ihm beweisen, dass sie die perfekte Mutter für seine künftigen Kinder sein würde.

Ich erspare dem Leser allzu viele Details zu dieser längeren Geschichte, aber so viel sei gesagt: Dank meinem Können und nicht zu wenig Fleiß (und damit meine ich jetzt noch keine Körperlichkeit) arbeitete ich mich sehr schnell nach oben. Und als an einem besonders hektischen Tag, etwa ein Jahr, nachdem ich dort angefangen hatte, die persönliche Assistentin des Bosses höchst unglücklich die Treppe hinunterfiel und sich einen komplizierten Bein- und Hüftbruch zuzog, bekam ich durch glückliche Umstände beziehungsweise „Zufälle" die Chance, einzuspringen und sie danach für ein Weilchen zu vertreten.

Der BOSS und ich waren erstaunlich schnell aufeinander eingespielt und auch zwischenmenschlich klappte es mehr als gut. Sehr wahrscheinlich unter anderem, weil er rasch feststellte, dass ich ihn nicht als Jagdtrophäe sah und somit auch nicht anschmachtete wie der Rest der Damenwelt. Zudem ließ ich mich nicht von seinem herrischen Gehabe und seinem Todesblick, wie manche es nannten, einschüchtern. Ich war schon immer ein wahrheitsliebender Mensch und sagte ihm fast immer ziemlich offen, was ich dachte, statt ihm in allem recht zu geben und unterwürfig zu kuschen wie die meisten Schleimer in der Firma. Meine Eltern haben mich immer sehr darin unterstützt, mich zu einer starken und selbstständigen Frau zu entwickeln. Und ich habe zwar großen Respekt (er hat wirklich eine Menge drauf!), aber keine Angst vor ihm. So kam es, dass wir irgendwie Vertraute und Freunde wurden. Oder eine Art von Verbündeten vielleicht, denn in der Firma traute er so gut wie keinem der übernommenen Mitarbeiter seines Vaters und er hatte seine Visionen für die Zukunft der Firma längst noch nicht alle um- bzw. durchgesetzt. Mit mir an seiner Seite erhoffte er sich einen schnelleren Fortschritt und so wurde diese vorübergehende Vertretung zu einer gemeinsamen neuen Herausforderung.

Als meine Vorgängerin sechs Monate später wieder komplett genesen und voll einsatzfähig war, hatte sie einen neuen Job in der Personalabteilung. Was mir eine „Feindin" in der Firma und so manch bösen Blick von ihr einbrachte. Aber mein schlechtes Gewissen hielt sich in Grenzen, sie war sowieso eine der „alten" Mitarbeiterinnen seines Vaters und deshalb wohl auf seiner Abschussliste. Sollte sie doch auf den Boss sauer sein. Und noch ein paar Monate später landeten wir dann nach der feuchtfröhlichen Feier eines großen Geschäftsabschlusses erstmals zusammen im Bett. Auch dort war er gern weiter der Chef, wie sich schnell herausstellte. Mir gefiel das ganz gut. Ich mochte beim Sex Männer, die wissen, was sie wollen, und in diesem Lebensbereich zur Abwechslung oder zum Ausgleich die devote Rolle auszuleben, reizte mich ebenfalls. Hier kuschte auch ich vor ihm und es gefiel ihm, mich zu erziehen, wie er es gerne nannte. Es war eine explosive und stürmische Nacht und unser hochprozentig alkoholisierter Zustand nahm uns sämtliche Hemmungen. Wir harmonierten auch im Bett bestens, wie wir sehr schnell und erfreut feststellten.

Der Morgen danach hätte wohl peinlich sein müssen oder werden können. Aber da wir inzwischen wirkliche Vertraute und Freunde waren, zudem beide ein aufgeschlossenes Verhältnis zum Thema Sex und Liebe lebten, beschlossen wir nach einer offenen Diskussion, dieses Sex-Arrangement in unsere Geschäftsbeziehung zu integrieren. Keine gefühlsmäßigen Verstrickungen, keine Beziehung, keine Besitzansprüche und keine Treueversprechungen! Dafür regelmäßigen, für beide Seiten zufriedenstellenden Sex und Spaß zusammen, gegen eine entsprechende Gehaltserhöhung. Also eine klare Sache. Ein Nebenjob sozusagen. Wir mochten uns sehr, aber Liebe war beidseitig nicht im Spiel. Sex ist ein körperliches Bedürfnis wie Essen, Trinken und Schlafen. Ich sehe das Thema sowieso ziemlich locker. Und auch er ist auch der Meinung, dass Sex, Liebe und Treue drei eigenständige Themen sind und nicht automatisch miteinander verknüpft werden müssen. Und!!! Unsere Körper waren und sind definitiv heiß aufeinander ...

Die große, leidenschaftliche Liebe, wie sie in Büchern oder Filmen immer vorkommt, habe ich bisher nicht erlebt. Und ich kann auch sehr gut darauf verzichten! Denn das Wort LEIDENschaft selbst sagt ja in meinen Augen schon mehr als genug aus! Was soll ich mir Leiden schaffen, wo keines nötig ist? Dieses emotionale Getue, all die inszenierten Dramen im Namen der Gefühle oder gar im Namen der Liebe, welche viele Menschen, vornehmlich Frauen, richtiggehend zelebrieren, geht mir sowieso gehörig gegen den Strich. Ich sehe das Ganze eher nüchtern und zweckmäßig. Eine „normale" Paarbeziehung habe ich somit noch nie gelebt und das ist auch nie mein Ziel gewesen. Mir gefällt, wie gesagt, mein freies und selbstbestimmtes Leben sehr gut. Alles läuft perfekt!

Als Steve, der BOSS, mir am Montag nach dieser schlüpfrigen Feier den neuen Arbeitsvertrag vorlegte, befand sich darin ein Sonderteil, welcher sich auf die künftigen sexuellen Zusatzleistungen bezog. Die dazugehörige Gehaltserhöhung war beachtlich und ich überlegte mir, dass ich schon mit diesem Anteil eigentlich beinahe fürs Alltägliche ausgesorgt hätte. Aber die Arbeit mit ihm machte mir noch zu viel Spaß. Wir waren wirklich ein Top-Team und so unterschrieb ich den neuen Kombivertrag, welcher ihn zusätzlich zum Dienstagabend-Mann für mich machte und mein Doppelleben begann …

Inzwischen arbeite ich quasi nur noch auf dem Papier, als Fassade für mein braves Leben, in der Firma. Ich hab dort zwar immer noch mein eigenes Büro und zwischendurch mal arbeitete ich auch tatsächlich noch ein paar Stunden, wenn es laut Steve unbedingt nötig ist. Aber für die laufenden, geschäftlichen Angelegenheiten hat er inzwischen eine neue Assistentin eingestellt. Übrigens auf meinen Wunsch hin, weil ich damals mit dem Zweitleben, welches sich irgendwie selbstständig und sehr lohnend entwickelte, mehr als genug verdiente und ich mehr Zeit für mich haben wollte.

Meine Tage verbringe ich also inzwischen mehrheitlich mit Malen in dem Atelier, das ich im ehemaligen Elternhaus errichtete, als ich vor fünf Jahren da einzog. Oder ich streife mit meinem belgischen Schäferhund Thor durch den angrenzenden Wald. Das Anwesen ist gute 40 Kilometer vom Stadtzentrum entfernt und innerhalb der Ortschaft ebenfalls abgelegen, allein schon deshalb, weil sehr viel Land drum herum auch mir gehört. Ich genieße diese Freiheit in vollen Zügen.

Steve, der Boss, ist nun seit sieben Jahren verheiratet und hat zwei süße Kinder, genau wie es sein Ziel war. Eigentlich wollte er mir diesen „Job" damals auch noch anbieten, aber Kinder sind nicht so mein Ding. Jedenfalls keine eigenen! Die der anderen finde ich ja ganz niedlich. Außerdem will ich selbstständig bleiben, ich sehe mich nicht als Heimchen am Herd, Kinder bespaßend oder als nettes Anhängsel eines erfolgreichen Mannes. Steves Frau war scheinbar eine gute Mutter und fürsorgliche Ehefrau, aber im Bett eine Nonne. Seine Worte, nicht meine!

Und deshalb waren wir auch nach seiner Hochzeit bei unserem Dienstagabendarrangement geblieben. Ich kann mit diesem Gewissen gut leben, denn ich nehme ihr ja nichts weg. Im Gegenteil! Ich sorge eher dafür, dass ihr Göttergatte sexuell zufrieden ist und nicht in Versuchung kommt, anderweitig fremdzugehen.

Sam, den Donnerstagabend-Mann, lernte ich passenderweise sogar an einem Donnerstagabend kennen. Es war ein lauer Sommerabend vor ziemlich genau fünf Jahren. Ich war gerade erst von der Stadt weg in das zuvor nach meinen Wünschen renovierte Elternhaus umgezogen und feierte mit ein paar alten Freundinnen aus der Schulzeit eine kleine Willkommen-zurück-Party im örtlichen Pub. Es ging feuchtfröhlich zu und wir wärmten kichernd lustige alte Geschichten auf. Er stand mit einem älteren Mann ins Gespräch vertieft am Tresen und unsere Blicke zogen sich immer wieder an. Es knisterte eindeutig zwischen uns. Optisch ein Prachtstück von einem Mann. Genau mein Geschmack! Irgendwann, vielleicht drei Stunden und etliche Drinks später musste ich zur Toilette, und als ich wieder rauskam, stand er ganz unerwartet vor mir. Wir blickten uns wortlos in die Augen, er packte mich, drückte mich neben der Tür an die Wand und dann küsste er mich heftig und mit einer leidenschaftlichen Gier, welche weitreichendere Freuden des körperlichen Vergnügens versprachen und gleichzeitig provozierten ...

Meine Freundinnen fragen sich noch heute, wo ich an dem Abend abgeblieben bin. Sam, der DRAUFGÄNGER, und ich haben uns nach diesem Kuss auf die französische Art verabschiedet, sind auf und davon und bei ihm im Bett gelandet. Er erwies sich, wie Steve, als dominanter Bettgefährte. Mir sollte es recht sein. Und die Nacht war tierisch heiß und für beide Seiten vollauf befriedigend. Dass Sam, der DRAUFGÄNGER, danach zum Donnerstagabend-Mann avancierte, verdanke ich wiederum vor allem der Tatsache, dass auch diese Beziehung auf körperlichem Vergnügen basierte. Denn der Draufgänger war kein Mann für was Festes, wie er gleich nach unserer ersten stürmischen und heißen Nacht klarstellte. Und ich wollte das ja genauso wenig. Er schätzt nebst dem bombastischen Sex, dass ich in keiner Form klammere oder gefühlsmäßig etwas von ihm erwarte. Die Fronten sind seit Beginn unserer Vereinbarung geklärt. Sex ja! Sympathie ja! Spaß ja, klar! Her damit! Aber Liebe und Beziehung ein großes, fettes NEIN! Dass er mich also dafür bezahlt, unterstreicht somit bloß, dass es sich um eine „geschäftliche" Vereinbarung handelt, in welcher keine gefühlsmäßigen Ansprüche das Verhältnis trüben können.

Es knistert zwischen uns immer noch beträchtlich, wir zelebrieren Sex an den unmöglichsten und ausgefallensten Orten (Sam ist da sehr fantasievoll!). Ich habe ihn wirklich von Herzen gern. Er ist sechs Jahre älter als ich und uns verbindet inzwischen ebenfalls eine innige Freundschaft. In gewisser Weise und auf meine freie Art liebe ich ihn sogar, aber ich bin sehr vorsichtig im Gebrauch dieses Worts anderen gegenüber. Gesprochen wurde in den fünf Jahren, die wir uns jetzt kennen, wie vereinbart, nie über das Thema Liebe in Form von Beziehungskiste. Aber in letzter Zeit beschleicht mich öfter der Verdacht, dass er sich inzwischen vielleicht doch ein kleines bisschen in mich verliebt hat. Solange er es jedoch nicht anspricht, sehe ich darin noch kein Problem. Ich tue, als würde ich es nicht bemerken, falls es denn der Wahrheit entspricht ...

Beruflich ist er, wie Steve der Boss, als selbstständiger Unternehmer tätig, aber da enden die Gemeinsamkeiten dann auch schon gleich. In seiner Freizeit verbringt er viele Stunden mit diversen, teils riskanten Sportarten. Dazu hat er aber auch einen enormen Hang zum Party machen und fährt in seiner Freizeit am liebsten mit seiner Harley durch die Gegend. Er ist ein lebensbejahender Freigeist mit jeder Menge Sinn für Humor. Zudem ist er spontan, oft chaotisch, manchmal launisch, aber insgesamt ein liebenswerter, toleranter und offener Mensch. Mit seinen 1,92 Meter Körpergröße ist er ein paar Zentimeter größer als Steve und äußerlich ist er ebenfalls, bis auf die grundsätzlich sportliche Statur, das

Gegenteil vom Boss. Sam hat eine dunkelblonde Mähne, dazu helle, blaue Augen und ein verschmitztes Lächeln, das einem die Knie weich werden lässt. Er hat einen fantastisch durchtrainierten und interessant tätowierten Körper. Und ich liebe sein Sixpack, das macht mich richtig heiß!

Ich finde mein Leben, wie erwähnt, wirklich absolut perfekt. Ich „arbeite" nur noch zwei Abende die Woche (wenn man das denn noch arbeiten nennen kann!). Denn für diesen Spaß bekomme ich, nebst dem Geld, von zwei der attraktivsten Männer der Umgebung, hammermäßigen Sex, was will Frau da mehr?!

Für die Allgemeinheit im Dorf und die meisten meiner Bekannten bin ich also die angesehene Tochter aus gutem Haus, welche eine verantwortungsvolle Stelle in der Stadt innehat. Mein zweites Leben läuft sehr diskret und verschwiegen ab und ist den wenigsten bekannt. Die Menschheit im Allgemeinen ist leider immer noch zu wenig tolerant, um solch unkonventionellen Lebensarten offen gegenüberzutreten. Deshalb sind die zwei Leben, die ich lebe, ein notwendiges, aber für mich eigentlich eher kleines Übel. Also alles in bester Ordnung in meinem geordneten und höchstzufriedenen Dasein. Und an diesem heutigen trüben und regenreichen Freitagmorgen deutet erst mal auch nichts darauf hin, dass dieser Tag noch Überraschungen bereithält und mein geordnetes Leben mächtig ins Schwanken gerät ...

2. KAPITEL

Wenn die Vergangenheit dich einholt

Ich bin nun, im sintflutartigen Regen, auf dem Weg in die Kirche. Das klingt jetzt wohl in euren Ohren, nach allem, was ihr inzwischen bereits über mich wisst, eher ein bisschen komisch. Und seid versichert, außer wie heute zu einer Beerdigung oder vielleicht noch zu einer Hochzeit, werdet ihr mich dort auch garantiert nie antreffen!! Meine Eltern waren konfessionslose, dafür aber spirituell offene Freigeister gewesen. In ihren jungen Jahren, vor meiner Geburt, waren sie sehr viel auf Reisen und haben verschiedenste Lebensformen und Sitten erfahren und ge(er)lebt. Ihre offene, freidenkende Lebensphilosophie hatte schon sehr früh auf mich abgefärbt. Mein Vater beschäftigte sich in seiner Freizeit oft mit alten Mythen, den verschiedenen Religionen, Theosophie, Naturwissenschaften, Astrologie, Physik und vielem mehr. Viele Stunden verbrachte ich gemeinsam mit ihm in seinem Studierzimmer, in dem fast immer ein gemütliches Feuer im Kamin knisterte.

Versteht mich nicht falsch! Es ist absolut nicht so, dass ich keinen Glauben habe, aber in meinen Augen sind Glaube und Kirche zwei ganz verschiedene Themengebiete. Wie mein Lebensstil ist auch mein Glaube für mich absolut perfekt und passend! Und ein jeder möge für sich ebenfalls das für ihn Richtige finden und in Frieden damit leben. Das war Teil meiner Religion. Als ich 14 war, hatte ich meine Mutter mal gefragt, wie sie und mein Vater denn eigentlich vor meiner Geburt auf den Namen ALEA gekommen sind. Ihre lächelnde Antwort lautete: „Während deiner Geburt hat mir ein Engel diesen Namen für dich ins Ohr geflüstert, Liebes." Erst dachte ich, sie macht einen Witz, aber es war ihr völliger Ernst. Und Leute, heute bin ich sogar davon überzeugt, dass es genauso gewesen ist! Denn ich schließe inzwischen so gut wie nichts mehr aus. Ich bin überzeugt, dass Diverses um und in uns existiert, das wir mit den Augen nicht sehen oder mit dem (begrenzten) menschlichen Verstand nicht erfassen und erklären können.

Der Regen prasselt noch immer auf die Scheiben meines Wagens, während ich auf dem gut besetzten Friedhofsparkplatz nach einer freien Lücke Ausschau halte. Anscheinend wollen viele andere, wie ich ja auch, Lisa die letzte Ehre erweisen und nochmal Adieu sagen. Sie war eine allseits beliebte und fröhliche alte Dame gewesen und so erstaunt mich der Auflauf an Leuten ebenso wenig wie, dass sogar der Himmel zu ihrem Abschied mitweint ...

Lisa, oder Elisabeth, wie sie eigentlich getauft wurde, war die Oma meiner Schulfreundin Sabrina gewesen. Als Kinder und Jugendliche haben wir viel Zeit in ihrer Küche, in der sie immer was Leckeres am Kochen oder Backen war, verbracht. Sie erzählte uns tolle Geschichten und wir durften in ihrem Garten von allem naschen, was an Bäumen, Sträuchern und im Boden wuchs. Es war ein Paradies für stets hungrige Kindermäuler wie Sabrina und mich.

Als Sabrina dann nach ihrer Ausbildung wegzog, hatte ich den Kontakt zu ihrer Oma aufrechterhalten. Sie war mir während der Zeit nach dem Tod meiner Eltern eine wundervolle Zuhörerin und Ratgeberin gewesen. Ich habe sie sehr geliebt und hatte erst vorletzte Woche noch während eines Spaziergangs mit Thor spontan bei ihr reingeschaut. Sie war mir so vital, rüstig und gesund wie stets erschienen. Ihre 85 Lebensjahre sah man ihr bei Weitem nicht an. Doch dann, vor vier Tagen, hat ganz überraschend und aus dem Nichts ihr Herz über Nacht aufgehört zu schlagen. Sie ist friedlich im Schlaf von uns gegangen. Ich finde, es gibt weitaus unangenehmere Arten, aus dem Leben zu scheiden, und bin überzeugt, dieses Szenario hätte ihr sicher auch gefallen. Obschon es natürlich ruhig noch viele, viele Jahre hätte dauern mögen bis dahin. Sie wird mir fehlen, das weiß und akzeptiere ich. Aber nach meinem Glauben ist sie ja nicht wirklich tot, sondern hat sich nur des Körpers entledigt und ist heimgegangen in die seelischen Sphären, wo es ihr bestimmt gut geht. Sicher schaut sie uns heute zu und ist unter uns.

Inzwischen bin ich in der Kirche angekommen, habe viele Hände geschüttelt, Lisas fast komplett anwesender Familie mein Mitgefühl ausgesprochen und meine Tränen bisher tapfer zurückgehalten. Sabrina ist auch da. Wir haben losen Kontakt gehalten, uns aber schon länger nicht mehr gesehen. Und da sie rund vier Stunden Fahrzeit entfernt lebt und inzwischen als dreifache Mutter voll in ihrer Rolle aufgeht, haben wir nicht mehr sehr viele gemeinsame Interessen. Was angesichts unserer doch ziemlich verschiedenen Lebensstile absolut verständlich ist. Aber ich freue mich sehr, sie wieder mal zu treffen. Auch wenn die Umstände nicht sehr erfreulich sind, und ich hoffe, dass sich später noch Gelegenheit für ein persönliches Gespräch ergibt.

Während ich mir überlege, ob ihr fast vier Jahre älterer Bruder Alex (das Ekel) wohl auch noch aufkreuzen wird, höre ich hinter mir Schritte. Ich spüre, wie meine Nackenhaare sich aufrichten und mir ein kalter, aber nicht unangenehmer Schauer den Rücken herunterrieselt. Zeitgleich sehe ich, wie sich vor mir die Augen von Sabrinas Mutter erfreut weiten und ehe ich noch hinter mich schauen kann, sagt sie auch schon: „Alex, mein Junge! Wie schön, dass du es doch noch geschafft hast, zu kommen." Ohne einen Blick auf ihn erhaschen zu können, liegt seine Mutter auch schon in seinen Armen und ihre Tränen fließen ungehemmt. Sie schluchzt herzzerreißend an seiner Brust, während Alex sich zu ihr hinunterbeugt und tröstend auf sie einredet. Ich suche mir derweil eine Sitzgelegenheit, denn der Pfarrer schaut sich schon ein bisschen angespannt um, da noch lange nicht alle seine Schäfchen brav am Platz sitzen. Die Trauerfamilie sitzt auf den vordersten Bänken und so sehe ich auch während der nächsten Stunde nur den breiten, muskulösen Rücken und die dunklen, zerzausten und leicht gelockten Haare von Alex, dem einstigen Ekel. Und während der Geistliche ziemlich monoton seine übliche Litanei abspult, schweifen meine Gedanken Jahre in die Vergangenheit zurück ...

Ich war, wie Sabrina damals auch, neun Jahre alt gewesen, als sie und ihre Familie in den Ort zogen. Sie kam zu Beginn des neuen Schuljahres in meine Klasse. Wir freundeten uns sehr schnell an und waren danach bis zum Schulabschluss so unzertrennlich wie Zwillinge. Wir teilten all unsere geheimen Gedanken und Fantasien. Malten uns in den schönsten Farben aus, wie die Zukunft, die offen vor uns lag, sein könnte. Etliche Nachmittage verbrachten wir nur mit Quatschen und gemeinsamen Tagträumen. Ihr einziger Bruder, der damals schon beinahe 13-jährige Alex, war ein gut aussehender, charmanter Rowdy und ein Großmaul dazu. Er scharte bald eine männliche Anhängerschaft um sich und war definitiv ein sogenanntes Alphamännchen. Zudem war er schnell mal das Hauptthema in jeder tuschelnden und kichernden Mädchenrunde auf dem Schulhof. Denn die meisten Mädchen waren total verknallt in ihn und er wechselte seine Freundinnen dadurch recht häufig.

Mir gegenüber verhielt er sich jedoch meist herablassend, patzig und fies. Er spielte mir oft üble Streiche und außerdem neckte er mich andauernd, sodass mir peinliche Röte ins Gesicht schoss. Dafür hasste ich ihn, obwohl mein Herz jedes Mal wild klopfte, wenn ich ihn sah! Ich war für ihn wohl bloß die nervige Freundin seiner ebenso nervigen kleinen Schwester. Und als er direkt nach der Schule ein Auslandjahr einlegte und danach nicht mehr in unseren Ort heimkehrte, vermisste ich ihn nicht sonderlich. Und bis heute hatte ich, ehrlich gesagt, eigentlich auch keinen Gedanken mehr an ihn verschwendet.

Bei den Worten, „... und nun lasst uns ein Gebet sprechen", beende ich meinen geistigen Ausflug in die Vergangenheit und falte, wie alle anderen auch, meine Hände. Verzeih mir die Abschweifung liebe Lisa, bitte ich innerlich und richte mein Bewusstsein wieder in die Gegenwart und den Moment. Nach der Trauerfeier geht es weiter ins gegenüberliegende Gasthaus mit dem passenden Namen „Zum ewigen Licht". Auf dem Weg dahin gerate ich mit Sabrina ins Plaudern und drinnen bittet sie darum, mich doch am Familientisch neben sie zu setzen, damit wir unser Gespräch fortsetzen können. Lukas, ihr Mann, ist ungeplant mit den Kindern zu Hause geblieben, weil das Jüngste seit heute Morgen Fieber hat und der Platz neben ihr ist somit eh frei. Die restlichen Trauergäste strömen weiter in den großen Saal und verteilen sich an den gedeckten Tischen. Dann nimmt jemand zu meiner rechten Seite Platz und als ich meinen Kopf neugierig wende, schaue ich direkt in Alex stahlblaue Augen.

Es ist, als würde die Zeit stehen bleiben. Der Lärm all der gedämpften Gespräche verschwindet plötzlich völlig im Hintergrund und es ist, als existierten nur noch wir beide. Wir versinken in der Tiefe unseres innigen Blicks und ein weiterer angenehmer Schauer durchfährt mich von Kopf bis zu den Zehenspitzen, während mein Herz dazu freudig jubelt und heftig klopft. Was zum Teufel ist denn hier grad los, denke ich, bevor ich mich beherrsche und mich, mit einer spürbaren Röte im Gesicht, von seinem intensiven Blick und dem verführerischen Lächeln löse und verlegen auf mein Weinglas starre. Während ich mir einen großen Schluck genehmige, schaue ich mich kurz um, hoffe, dass die Szene vorhin niemandem aufgefallen ist, und höre ihn dann mit seiner sehr erotischen Stimme sagen: „Na, wie geht's denn meiner kleinen Wildkatze? Schön, dich wieder mal zu sehen. Du bist übrigens zu einer hinreißenden Frau herangereift, genau wie ich vermutet hatte." Seine Stimme klingt verdammt sexy, so schön tief und verführerisch ...

Beim Wort Wildkatze, so hat er mich damals immer genannt, kommen erneut Erinnerungen in mir hoch und ich denke an unsere letzte Begegnung einen Tag, bevor er damals wegflog. Der KUSS!!! Er hatte mich geküsst! Das hatte ich irgendwie völlig aus meinen Gedanken verbannt all die Jahre, aber jetzt fällt es mir siedend heiß wieder ein und ich werde erneut knallrot und schweife gedanklich in die Vergangenheit zurück … Mein allererster Kuss war das damals gewesen und es hatte mich alles andere als kalt gelassen! Aber im Nachhinein war ich dann davon überzeugt gewesen, dass das nur ein weiterer fieser Streich beziehungsweise eine Laune von Alex gewesen sein konnte …

Ich schaue ihn erneut an und antworte dann ein bisschen heiser: „Nenn mich nicht immer Wildkatze, du Ekel." Aber meine nach oben gezogenen Mundwinkel signalisieren ihm, dass ich es nicht wirklich allzu ernst damit meine. Verdammt, er sieht unverschämt gut aus und mein Herz rast schon wieder. Ob er ebenfalls an den Kuss denkt? Ob meine Vorliebe für dominante Männer auf diesem damaligen Erlebnis beruht? Diese Querverbindung des Kusses zu meinen sexuellen Vorlieben fällt mir zum ersten Mal auf. Gedanken fluten mein Hirn und ich bin für meine ansonsten glasklaren Verhältnisse ziemlich durcheinander. Er nannte es damals großzügig sein Abschiedsgeschenk und wohl nur wir beide wissen überhaupt von diesem Kuss!

Es war wie erwähnt am Tag, bevor er damals nach England flog. Ich hatte gerade mit Sabrina Hausaufgaben erledigt und wollte mich auf den Weg nach Hause machen. Sie war, nachdem wir uns oben in ihrem Zimmer verabschiedet hatten, im Bad verschwunden, um zu duschen. Ihre Eltern waren außer Haus. Ich war soeben dabei, mir meine Schuhe anzuziehen, als Alex zur Haustür reinkam, mich anschaute und fragte: „Ist das Wildkätzchen extra gekommen, um mir Lebwohl zu sagen?" „Träum weiter, du eingebildeter Idiot! Außerdem bin ich froh, dich endlich loszuwerden", antwortete ich ihm patzig, aber mit der vollen Inbrunst meiner dreizehn Jahre. Ich funkelte ihn wütend an, als ich mich an ihm vorbei zur Haustür durchzwängen wollte. Er hielt mich jedoch am Arm zurück und als ich ihn anschaute, war sein Blick irgendwie verklärt und nachdenklich. So hatte er mich noch nie angeschaut und ich hatte keine Ahnung, was in ihm vorging. Ich wurde verlegen und natürlich wieder einmal knallrot, wich einen Schritt zurück und spürte die Haustür in meinem Rücken, die mich blockierte. Ohne zu zögern, stellte er sich ganz nah vor mich hin, stützte seine Hände links und rechts neben meinem Kopf ab und sah mir wortlos in die Augen. Mein Herz pochte so wild, dass ich Angst hatte, es würde nächstens aus meiner Brust springen oder grad so schlimm, er würde es bemerken oder hören. In meinen Ohren rauschte es und mir wurde ein bisschen schwindlig. „Bist du dir da ganz sicher, kleine Kratzbürste?", fragte er sanft mit einem Grinsen im Gesicht und schaute auf mich runter. „Wer würde denn ein Ekel wie dich schon vermissen?", gab ich ihm schlagfertiger und frecher, als mir zumute war, zurück. Sein Gesichtsausdruck veränderte sich nur leicht, aber in ernster Tonlage antwortet er mir daraufhin: „Ich gebe dir jetzt einen Grund, damit du mich vermissen kannst. Mein Abschiedsgeschenk sozusagen!"

„Und dann küsste er mich! Erst nur sanft und mit geschlossenen Lippen. Abwehrend legte ich meine Hände auf seine Brust und versuchte, ihn von mir wegzustoßen, während ich gleichzeitig meinen Mund krampfhaft zusammenpresste. Aber er packte meine Arme, zog sie nach oben und hielt sie dort über meinem Kopf mit seiner einen Hand fest, während er mir mit der anderen unters Kinn fasste und meinen Kopf anhob. Dann küsste er mich erneut und diesmal forderte er mit seiner Zunge Einlass in meinen Mund ... Ich hatte noch nie zuvor einen Jungen geküsst. Ehrlich gesagt fand ich es total widerwärtig und abstoßend. Sabrina war übrigens derselben Meinung! Wir amüsierten uns oft mit dummen Sprüchen, welche wir über die knutschenden Pärchen machten, während wir sie nachäfften.

Ich änderte meine Meinung über Küsse dann jedoch sehr schnell, denn seine Zunge in meinem Mund sorgte für Schmetterlinge im Bauch und ich begann, das Zungenspiel nach Kurzem nicht bloß zu erwidern, nein, ich genoss dieses köstliche, süße Gefühl. Tauchte komplett ein in diese für mich neue Welt und wollte eigentlich gar nicht mehr aufhören damit, weil es sich so fantastisch anfühlte! Als es dennoch irgendwann zu Ende war, er mich freigab und gleichzeitig einen Schritt zurück machte, traute ich mich kaum, die Augen wieder zu öffnen. Das Blut rauschte in meinen Ohren, mein Herz schlug rasend schnell und ich war völlig von der Rolle. Als ich die Augen nach Längerem endlich zaghaft wieder öffnete, war er bereits lautlos in seinem Zimmer verschwunden und hatte die Türe hinter sich geschlossen ...

Verwirrt und von Gefühlen überwältigt machte ich mich mit immer noch wild klopfendem Herzen auf den Heimweg und beschloss danach, diese Szene aus meinem Gedächtnis zu löschen. Und bis heute war mir das ja scheinbar auch ganz gut gelungen! Das Essen kommt und Alex wird von seiner gegenübersitzenden Mutter in ein Gespräch verwickelt. Ich wende mich wieder Sabrina zu und die schaut mich erst mal ziemlich lange und grinsend an. Sie hat also doch was mitgekriegt. Mist! Denke ich und schüttle ganz leicht den Kopf, um ihr wie früher anzudeuten, dass ich jetzt nicht darüber reden will, und sie nickt mir verschmitzt zu. Ich fühle mich grad wieder wie eine Dreizehnjährige und lächle in mich hinein.

Für den Rest der Feier vermeide ich es jedoch ziemlich gekonnt, mich Alex nochmal zuzuwenden oder gar erneut ins Gespräch zu kommen. Seine Nähe macht mich sowieso schon nervös genug! Zudem sind Sabrina und ich längst wieder in unser Gequatsche vertieft. Es gibt Freundschaften, da kann man sich auch länger nicht sehen und sprechen, dennoch ist es beim Zusammentreffen, als wären keine Jahre verstrichen. Man setzt nahtlos und im selben Vertrauen mit derselben Offenheit dort an, wo man einander aus den Augen verlor.

Irgendwann löst sich die Gesellschaft allmählich auf und ich erwähne Sabrina gegenüber, dass ich auch gleich losfahre. Thor wartet sicher schon sehnsüchtig auf mich, auch wenn er in seinem großen Außenauslauf jederzeit seine dringendsten Geschäfte erledigen kann. Sabrina erklärt, dass sie noch bis Sonntag bei ihren Eltern bleibt und fragt, ob wir morgen Abend zusammen essen gehen wollen, was ich freudig bejahe, und wir verabreden uns um acht beim Italiener im Dorf.

Ich will gerade aufstehen, um mich von den übrigen Gästen zu verabschieden, als Alex sich bereits mit den Worten: „Ich geh mal kurz raus, um zu telefonieren, Mum. Bestell mir doch bitte noch einen Cognac, falls du die Kellnerin siehst" erhebt und mir keine Zeit lässt, mich von ihm als Erstes zu verabschieden. Ich schaue ihm kurz nach und erhebe mich dann, schüttle, jedem noch am Tisch sitzenden Verwandten, die Hand und es werden ein paar Sätze getauscht. Sabrinas Mutter drückt mich lange und innig und bedankt sich, dass ich gekommen bin. „Lisa hat dich immer sehr gemocht und geschätzt. Du hast ihr sehr viel bedeutet, Alea. Du warst wie eine weitere Enkeltochter für sie. Ich möchte, dass du das weißt, meine Liebe." Nun kullern doch auch noch Tränen bei mir und wir schluchzen eine Weile gemeinsam um die Wette und spenden uns gegenseitig Trost.

Als ich die Verabschiedung endlich hinter mir habe, verschwinde ich auf dem Klo, um mein von den Tränen garantiert verschmiertes Augenmake-up zu überprüfen und die Fassung zurückzugewinnen. Ein langer Spaziergang im Wald, zusammen mit Thor. Das ist, was ich jetzt dringend brauche! Wenn ich Glück habe, ist Alex inzwischen wieder drin am Tisch bei seinem Cognac und es bleibt mir erspart, ihm nochmal in die Augen zu schauen. Und tatsächlich, als ich aus dem Restaurant rauskomme, ist weit und breit nichts von Alex zu sehen. Ich sollte mich erleichtert fühlen und frage mich, wieso da grad eine kleine, enttäuschte Stimme irgendwo in mir drin „Schade!" seufzt. Ich ignoriere sie und freue mich darüber, dass es endlich aufgehört hat zu regnen und die Sonne sich sogar zaghaft schon wieder hinter den noch dominierenden Wolken hervorkämpft.

Zu Hause angekommen verbringe ich nach einem kurzen Kleiderwechsel zusammen mit Thor fast drei Stunden im Wald. Die

Hälfte der Zeit sitze ich meditierend auf meiner Lieblingsbank am Teich, während Thor seine Späßchen mit den restlichen Waldbewohnern abhält. Ganz klar eine seiner Lieblingsbeschäftigungen. Das Ganze gibt meiner mentalen Stabilität ordentlich Auftrieb und ich fühle mich harmonisch, in meiner inneren Mitte und zufrieden mit mir und der Welt, als wir wieder zu Hause ankommen.

Nachdem ich mich meiner Waldkleider entledigt habe, gieße ich mir, in meinen seidenen, roten Bademantel gehüllt, ein Glas Rotwein ein. Ein paar Knöpfe drückend erklingt kurz darauf in der Lautsprecherbox meine Lieblingsmusikliste vom Handy und danach lasse ich mir ein wohlduftendes Schaumbad einlaufen. Derweil das Wasser in die Wanne läuft, füttere ich Thor, der sich gleich freudig über sein Rindfleischmenü hermacht, und so schnappe ich mir lächelnd mein Handy und verziehe mich ins Badezimmer. Sicher haben sich die Nachrichten und verpasste Anrufe mal wieder gestaut. Ich hab seit dem Morgen, als ich zur Beerdigung losfuhr, keinen Blick mehr drauf geworfen. Nun ist es bereits kurz nach acht Uhr, wie ich nach einem ersten Blick aufs Display sehe. Vier verpasste Anrufe und sechs neue Nachrichten werden angezeigt. Na, das geht ja noch …

Als ich entspannt in dem nach rotem Mohn duftenden Badewasser liege, öffne ich die NachrichtenApp und schau mir im Detail an, was alles eingegangen ist. Die vier verpassten Anrufe sind vom Boss, oder wohl eher von seiner Sekretärin. Zwei der Nachrichten sind ebenfalls von ihm. Es sind Sprachnachrichten. Die höre ich mir als Erstes an, scheint ja wichtig zu sein. Er beordert mich am Sonntagabend zum Flughafen, ich soll ihn zu einem Geschäftsmeeting begleiten, das bis Mittwoch dauert. Die Details dazu seien in seiner E-Mail zu finden. Da unser Dienstagabend in diese Zeit fällt, bittet er mich in der zweiten, persönlicheren Nachricht darum, die üblichen Sachen einzupacken. Ich schmunzle und zeichne ihm ebenfalls eine kurze Nachricht auf, in der ich bestätige, dass ich mich Sonntagabend pünktlich zu seiner Verfügung halten werde. Es kommt ab und zu vor, dass er mich kurzfristig als Begleitung für Geschäftsreisen einspannt und da ich frei und flexibel bin, ist es auch kein Problem für mich. Für ganz dringende Fälle habe ich sogar immer ein der Jahreszeit angepasstes und gepacktes Reise-Set bereitstehen.

Die nächste Nachricht ist von Sophia. Eine frühere Schulkollegin und eine der Frauen, mit welchen ich damals im Pub meine Heimkehr gefeiert hatte. Sie fragt, ob ich Lust hätte, morgen Abend mit ihr ein klassisches Konzert zu besuchen. Ihr Freund Sven habe eine Magen-Darm-Grippe aufgelesen und könne nicht mit. Ich schreibe ihr, dass ich mit Sabrina zum Italiener gehe, und empfehle ihr, sich bei Vanessa zu melden. Die mag klassische Musik sowieso viel lieber als ich, was ich aber nicht extra erwähne. Nachrichten Nummer vier und fünf sind von Nick, meinem Anlageberater. Er erinnert mich an unsere fällige halbjährliche Besprechung. In seiner zweiten Nachricht sind ein paar Terminvorschläge für die nächsten Tage und er bittet mich um eine Bestätigung. Ich schreibe ihm, dass ich mich ab nächsten Mittwoch für eine neue Terminvereinbarung melde und leider keinen seiner Vorschläge annehmen könne, da ich ein paar Tage auf Geschäftsreise sei. Nachricht Nummer sechs ist von Sabrina und sehr kurz. Da steht nur „SORRY!!!! Ging nicht anders ..." und dazu das Äffchen-Symbol, welches sich den Mund zuhält. Ich schreibe ein „Wofür denn?" zurück und will dann das Handy weglegen. Das Wasser wird bereits langsam kalt und ich muss mal raus aus der Wanne. Das Handy vibriert bereits wieder und ich gucke nochmal drauf, vielleicht hat Sabrina ja bereits geantwortet und ich bin neugierig, wofür sie sich entschuldigt.

Die eingegangene Nachricht ist jedoch von einer vom Handy nicht identifizierten Nummer und als ich reingehe, steht da: „Du hast dich nicht von mir verabschiedet!!! Ich denke, dafür schuldest du mir einen Kuss!!!" Jetzt weiß ich wenigstens, wofür sich Sabrina vorhin entschuldigt hat, denn mir ist natürlich sofort klar, dass Alex hinter dieser Nachricht steckt. Sie muss ihm meine Nummer gegeben haben. Ich weiß noch gut von früher, wie hartnäckig er sein konnte, und rolle, Sabrina gleichzeitig vergebend, mit den Augen, als ich ihm zurückschreibe: „Und ich denke, dass ich niemandem irgendetwas schuldig bin zurzeit." Und nach dem Absenden kann ich es nicht sein lassen und schicke extra noch ein: „Wer bist du denn überhaupt, Fremder?" hinterher. Dann lege ich das Handy endgültig aus der Hand, erhebe mich aus der Wanne und wickle mich in mein flauschiges Badetuch.

Das Handy vibriert bereits wieder, aber ich lasse es absichtlich liegen und schminke mich erst mal in aller Ruhe ab, während ich den Rotwein dazu austrinke und grad so laut wie falsch mit der Musik mitsinge. Ich öle meinen Körper großzügig ein, danach ziehe ich mir ein kuschliges Wohlfühlensemble an und mache es mir, mit einem zweiten Glas Wein, auf der Couch bequem. Ein Blick aufs Handy zeigt, dass drei neue Nachrichten warten.

Die erste ist von Sam, dem DRAUFGÄNGER. Er will wissen, ob er Thor später noch abholen dürfe. Er möchte ihn morgen Früh gerne zu einer Wanderung in die Berge mitnehmen. Die beiden mögen sich und es ist nicht das erste Mal, dass Sam darum bittet. Und jedes Mal, wenn ich ein paar Tage weg muss, darf ich ihm meinen geliebten vierbeinigen Freund ebenfalls anvertrauen. Gut, dass er sich meldet! Ich hätte ihn ja eh noch informieren sollen wegen Sonntag. Das hatte ich beinahe vergessen. Ich schreibe ihm zurück, dass Thor sich sicher freuen wird, und schlage ihm vor, ihn gleich bis Mittwochabend bei sich zu behalten. Erzähle ihm vom Meeting und dass ich ein paar Tage wegmuss. Die beiden anderen Nachrichten kommen von Alex. Die erste lautet: „Ich denke, dass du haargenau weißt, wer ich bin." Und in der zweiten steht: „Und außerdem gedenke ich, die ausstehende Schuld noch heute Abend einzutreiben!!!"

Was glaubt der Kerl eigentlich, wer er ist! Ich bin doch kein Teenager mehr und lasse mich einfach so zu einem Kuss nötigen! Also schreibe ich umgehend zurück: „Wenn du dich hier blicken lässt, hetze ich dir Thor auf den Hals!!! Das meine ich völlig ernst!" Noch ehe ich einen Schluck Wein trinken kann, vibriert das Handy erneut und er schreibt: «Wer ist Thor? Wie gefährlich ist der Kerl und womit kann man ihn am besten bestechen?» Ich grinse ungewollt und herzklopfend vor mich hin. Humorvoll war er ja schon immer. Von Sam kommt ebenfalls eine weitere Nachricht. Er schlägt seinerseits vor, Thor gleich bis Donnerstag bei sich zu behalten und ihn dann zu unserem üblichen abendlichen Date heimzubringen. Ich willige ein und danke ihm schon mal. Eine nächste Nachricht von Alex ist ebenfalls eingegangen und da heißt es: „Ignorierst du mich etwa absichtlich, Wildkatze? Ich bin jetzt unterwegs und habe Wurst dabei, falls Thor, wie ich vermute, dein Schoßhündchen ist!"

Jetzt geht er aber zu weit und HALLO?!! Echt?! Thor ein Schoßhündchen!? (Nicht, dass er es nicht auch schon versucht hätte, aber er ist definitiv zu groß dafür!) Ich tippe umgehend zurück: „Thor ist alles andere als ein Schosshund und zudem gut abgerichtet!! Aber er hatte bereits Abendessen, also steck dir deine Wurst sonst wohin und geh wieder heim, falls du tatsächlich unterwegs bist!" Ich bin mir ziemlich sicher, dass Alex sowieso bloß blufft und sich einen Spaß erlaubt, das würde zu ihm passen. Ich kraule grad Thor hinter den Ohren und erzähle ihm, dass Sam ihn nachher abholen wird und dass Frauchen ein paar Tage weg muss. Und als es auch gleich kurz darauf bereits klingelt, sage ich: „Siehst du, da ist Sam ja schon." Wir machen uns beide auf den Weg zur Tür, wobei Thor bereits aufgeregt mit dem Schwanz wedelt und vorfreudig jault. Ich bin überzeugt, dass er viel von dem versteht, was ich ihm sage, und beim Namen Sam spitzt er eh immer freudig die Ohren.

Als ich die Haustüre öffne, steht jedoch Alex vor mir. Ich bin überrascht und vorübergehend sprachlos. Thor schaut mit schräg gehaltenem Kopf prüfend zwischen Alex und mir hin und her. Schätzt ab, ob Gefahr in Verzug ist, wie jedes Mal, wenn er jemandem begegnet, den er noch nicht kennt. Da ich jedoch keine Angstgefühle ausstrahle, unterlässt er ein Knurren. „Der Schuldeneintreiber ist da!", sagt Alex gut gelaunt und locker lächelnd.

Und danach zu Thor gerichtet, während er sich gleichzeitig in die Hocke auf dessen Augenhöhe begibt: „Und du musst Thor sein." Er hält ihm seine Hand hin, damit dieser ihn beschnuppern kann, und fährt fort: „Du bist aber ein hübscher und gut gebauter Kerl, magst du zufälligerweise Wurst?"

Während ich noch verwirrt darüber nachdenke, was ich von Alex überraschendem Auftauchen halten soll und vor allem, was ich ihm jetzt sagen soll, fährt Sams Wagen ebenfalls in die Einfahrt. Thor, der das Geräusch dieses Motors genauestens kennt, beginnt wild mit dem Schwanz zu wedeln und tänzelt unruhig vor sich hin, während er leise winselt. Er schaut mich an und wartet auf die Erlaubnis, zu Sam hinlaufen zu dürfen. Also sage ich zu ihm: „Ist in Ordnung, du kannst ihn begrüßen." Und schon zischt er wie ein Blitz los, bellt sein Willkommensgeheul in den Nachthimmel und springt Sam, der gerade aus seinem Wagen steigt, freudig jaulend an.

Alex schaut mich fragend an und sagt: „Ich wusste nicht, dass du vergeben bist. Sabrina sagte, du seist Single! Ich wollte dir keine Probleme bereiten, Wildkatze." Da er tatsächlich ein bisschen betreten dreinschaut und ich zudem so ein wahrheitsliebender Mensch bin, antworte ich: „Es wird keine Probleme geben. Sam ist nur hier, um Thor abzuholen. Und er ist EIN Freund, nicht MEIN Freund!" Als Sam und Thor an der Tür ankommen, stelle ich die Männer einander vor. Alex ist sogar noch ein bisschen größer als Sam und sie begutachten sich gegenseitig kritisch, aber ziemlich auf Augenhöhe, während sie sich die Hände schütteln. Ich bitte nun beide rein, weil ich Sam noch ein paar Utensilien für Thor mitgeben will, die in der Küche bereitstehen. Während Alex sich interessiert im Haus umsieht, verschwinde ich mit Sam kurz in der Küche.

„Läuft da was zwischen euch beiden, Süße?", fragt Sam mich und schaut mich mit einem gewollt beiläufigen Blick an. Der soll wohl bloß oberflächliches Interesse vortäuschen, aber ich fühle, dass da mehr ist. „Seit wann bin ich dir denn darüber Rechenschaft schuldig?", frage ich amüsiert zurück. Er grinst etwas verlegen und meint: „Ach komm, ich frag rein aus freundschaftlichem Interesse." Jetzt lache ich und erwidere: „Jaja, schon klar." Ich rolle mit den Augen und fahre fort: „Da läuft nichts, er ist bloß ein alter Bekannter von mir, das ist alles." „War übrigens ein toller Abend gestern, ist immer schön, die Zeit mit dir zu verbringen", meint Sam vom Thema ablenkend und ich antworte: „Ja, hat echt Spaß gemacht, du hast wirklich verrückte Ideen!" Und wir grinsen uns an bei den Erinnerungen an unsere letzte, überaus heiße Nacht im Zimmer eines nicht ganz jugendfreien Etablissements. Ich drücke ihm den Sack mit den Utensilien in die Hand, küsse ihn auf die Wange und bedanke mich nochmal, dass er die nächste Woche für Thor sorgen wird. Dann kehren wir zurück ins Wohnzimmer, wo Alex sich inzwischen gemütlich auf dem Sofa niedergelassen hat und frecherweise an meinem Rotweinglas nippt.

Sam verabschiedet sich erst mit einem Handschlag von Alex und sagt dann zu mir gewandt: „Also, bis nächsten Donnerstag, Alea. Ich freue mich schon, du wirst begeistert sein. Ich hab was Nettes für uns geplant." Er zwinkert mir zu und küsst mich nochmal auf die Wange, während ich ihm zulächle. Dann gehe ich in die Knie, kraule Thor zum Abschied und wünsche den beiden eine gute Zeit und zu Sam hochschauend sage ich: „Toll, ich liebe deine Überraschungen. Dann bis Donnerstag, ich freue mich."

Kaum habe ich die Türe hinter den beiden geschlossen, überkommt mich ein mulmiges, kribbelndes Gefühl. Mist! Eigentlich hatte ich nicht vorgehabt, Alex überhaupt ins Haus zu lassen, und jetzt sitzt er nicht bloß auf meinem Sofa, sondern bedient sich sogar an meinem Wein. Wie bringe ich den STÖRENFRIED jetzt am schnellsten wieder raus? Und dann sagt Alex: „Läuft da was zwischen euch beiden, Wildkatze?" Ich pruste los. „MÄNNER!", denke ich, verdrehe meine Augen erneut und beschließe, das Ganze mit klarem Verstand und ausgeschalteten

Gefühlen anzugehen. Ich hole in der Küche ein zweites Weinglas, schenke erst Alex nach und dann mir neu ein. Dann sage ich auch zu ihm lächelnd: „Seit wann bin ich dir denn darüber Rechenschaft schuldig?" Und er grinst ebenfalls, während wir unsere gefüllten Gläser erheben und beim Anstoßen gleichzeitig „Auf Lisa!" sagen.

Wir haben uns viel zu erzählen, 17 Jahre sind eine lange Zeit und das ehemalige Ekel und jetziger STÖRENFRIED erweist sich als erstaunlich angenehmer und humorvoller Gesprächspartner. Ich erfahre unter anderem, dass er seit sechs Jahren eine große Baufirma leitet. In einem schicken Appartement im Dachgeschoß des Firmensitzes wohnt, alleine, wie er vermutlich extra betont. Nie verheiratet war, kinderlos ist und dass er hobbymäßig vor Kurzem begonnen hat, Wein zu keltern und nun die meiste Freizeit in seinen Rebbergen verbringt. Ich erzähle ihm die Version meines „braven" Lebens und er hört interessiert zu und stellt viele neugierige Fragen. Zudem wärmen wir alte Geschichten auf und lachen oft und herzlich. Inzwischen haben wir eine zweite Flasche Wein leer getrunken und die Uhr beweist, dass der Tag sich bald seinem Ende neigt. Es ist bereits kurz vor Mitternacht, die Zeit ist im Nu verflogen und ich kann ein erstes Gähnen nicht mehr unterdrücken.

„Ich denke, es ist langsam Zeit, ins Bett zu gehen", sage ich deshalb und die darin enthaltene Zweideutigkeit fällt mir erst auf, als er mich prüfend grinsend anschaut. Genau wie früher erröte ich verlegen und stehe rasch auf, um die Gläser in die Spüle zu stellen. Hoffentlich hat er es nicht bemerkt oder das Ganze womöglich als Anmachspruch verstanden. Ich muss wohl künftig besser aufpassen, was ich zu ihm sage, nehme ich mir vor. Sein amüsiertes „Nettes Angebot, Kätzchen! Aber heute gebe ich mich erst mal noch mit dem geschuldeten Kuss zufrieden" erklingt schon ziemlich nah hinter mir. Meine Nackenhaare richten sich bereits wieder auf und bevor er allzu dicht aufschließen kann, wende ich mich hastig um, verschränke die Arme abwehrend vor der Brust und sage viel emotionaler als mir lieb ist und geplant war: „Ach ja? Und dann?! Verschwindest du wieder für 17 Jahre aus meinem Leben?" Bis eben war mir gar nicht klar, dass mich das scheinbar verletzt hat. Wo kommt diese Wut denn plötzlich her? Er wird ernst, schaut mich eine Weile nur nachdenklich und unergründlich an und fragt dann sanft: „Ist das denn dein Wunsch, Kleines?" Kann der Kerl auch mal eine Frage einfach beantworten, anstatt mich mit Gegenfragen herauszufordern! Ich rolle schon wieder mit den Augen und antworte so ruhig wie möglich, obschon in mir ein Sturm an Gefühlen brodelt: „Wenn du mir garantierst, danach wieder für 17 Jahre zu verschwinden, darfst du mich jetzt küssen, ansonsten muss ich dir leider einen Korb geben!"

Er lacht und meint: „Nein, dieses Mal wirst du mich nicht wieder so einfach los, Alea." Was soll das denn nun wieder heißen, frage ich mich und irgendwie pocht mein Herz schon wieder wild und heftig. Aber ich sage, so gelassen es geht: „Na dann, hätten wir das ja geklärt und du kannst jetzt los und lässt dich dann vom Sandmännchen in den Schlaf küssen." Alex antwortet lächelnd: „Da Thor jetzt weg ist, wer bitte schön soll mich denn aufhalten, wenn ich lieber dir einen Gute-Nacht-Kuss geben will? Der Sandmann ist mir nämlich zu alt und außerdem viel zu hässlich." Das lässt mich ebenfalls wieder schmunzeln und ich erwidere möglichst gelassen: „Ich bin inzwischen ein großes Mädchen und weiß mich zu wehren. Hab ich übrigens erwähnt, dass ich den schwarzen Gürtel in Karate habe?" (Das ist natürlich spontan und völlig frei erfunden, aber könnte mir noch hilfreich sein, solange ich es nicht unter Beweis stellen muss.)

Jetzt lacht er los und sagt dann dummerweise: „Was für ein Zufall, da haben wir ja ein gemeinsames Hobby, süße Wildkatze, den habe ich nämlich ebenfalls! Ich freue mich schon auf eine gemeinsame Runde auf der Trainingsmatte!" Mist, jetzt wird's wohl brenzlig. Genau deshalb lüge ich normalerweise nicht oder wirklich nur zur Not. Es holt einem irgendwann oder manchmal auch sehr schnell alles wieder ein ... Er lächelt noch immer, während mir schon wieder die Röte ins Gesicht steigt, und seine atemberaubenden Augen blicken mich milde forschend an, dann sagt er ganz salopp: „Also gut, für heute werde ich dich mal in Ruhe lassen. Es war ein langer Tag und du bist müde. Aber ich werde mir diesen Kuss noch holen und zwar bevor ich Sonntag wieder heimfahre!" Mein Herz klopft wieder so wild, dass ich ein Rauschen in den Ohren habe. Er bleibt also, wie Sabrina auch, noch bei den Eltern. Das wird ja wohl zu schaffen sein, ihm in dieser Zeit aus dem Weg zu gehen, denke ich und sage störrisch und bestimmend: „Bei mir gibt's nichts zu holen und ich entscheide übrigens inzwischen selbst, wen ich küsse!" Nachdenklich schaut er mich an. Mein Herz rast immer noch und in meinem Inneren ist längst nicht so viel Ruhe und Gleichgültigkeit, wie ich nach außen hoffentlich ausstrahle. „Ist dem so?", fragt er und ohne eine Antwort abzuwarten, folgt sein: „O. K., ich geh ich jetzt mal ... Wir sehen uns, Kätzchen. Schlaf gut und träum was Schönes, zum Beispiel von mir!" Jetzt lacht er wieder und ich antworte frech und ebenfalls lächelnd: „Schließt sich das denn nicht gegenseitig aus?!!" Er schmunzelt und mit einem „Gute Nacht, bis bald!" dreht er sich um und geht. An der Tür bleibt er stehen, schaut nochmal zurück und ich hauche ein leises „Gute Nacht" in seine Richtung. Dann ist er weg, mein Herzschlag normalisiert sich langsam wieder, aber ich verweigere es, mich meinen Gefühlen und Gedanken, die hochkommen wollen, zu stellen. Ich will jetzt nur noch ins Bett und eine lange Zeit schlafen ...

3. KAPITEL

Das Herz auf den Tisch legen

Die Sonne scheint von einem strahlendblauen Himmel herab auf den feinkörnigen, fast weißen und menschenleeren Sandstrand. Ich höre Meeresrauschen und verschiedene Schreiarten der Möwen, welche ihre Kreise über uns ziehen. Neben mir steht ein mir fremder, aber dennoch irgendwie vertrauter, außerordentlich gut aussehender Mann. Wir befinden uns auf einer Art holzigem Podest, welches schattenspendend überdacht und blumenumrankt ist. Vor uns steht sprechend ein weißhaariger, sympathischer, alter Mann und sagt nun gerade: „Ihr seid jetzt Mann und Frau – ihr dürft euch küssen, um diesen Bund zu besiegeln." Ich wende mich dem Mann zu, er erscheint mir immer noch unbekannt und doch fühle ich eine tiefe Verbindung und innige Liebe zu ihm. Dann sehe ich in seine Augen und weiß instinktiv, das ist Alex, auch wenn er völlig anders aussieht. Ich bin ein bisschen verwirrt, aber dann senken sich seine Lippen auf meine und ich weiß, das hier ist genau richtig und soll so sein. Wir küssen uns und eine pure Welle des Glücks durchströmt meinen gesamten Körper. Es ist, als ob unsere Seelen zu einer verschmelzen ... „So soll es für alle Zeiten sein. Du bist ich und ich bin du, zusammen sind wir eins." Ich weiß nicht, woher diese Worte kommen, denn wir küssen uns immer noch inbrünstig und leidenschaftlich und ich versinke in den Tiefen dieser wunderbaren Gefühle ...

Und dann erwache ich mit pochendem Herzen und ziemlich verwirrt. Der Traum hat sich so echt angefühlt, das beweist auch die verräterische Feuchte zwischen meinen Beinen. Mein Herz beruhigt sich langsam und ich sehe, es ist bereits nach 10:00 Uhr. Die Sonne scheint durch die nur halb zugezogenen Vorhänge des offenen Fensters rein und die Vögel zwitschern draußen fröhlich vor sich hin.

Nach einer erfrischenden und einigermaßen gedankenklärenden Dusche sitze ich nun mit einer großen Tasse Kräutertee auf der Veranda. Immer noch ein bisschen dem Traum nachhängend horche ich wieder dem inzwischen eher aufgeregten Gezwitscher der Vögel. Scheint, als ob zwei sich da grad ziemlich streiten. Auch bei Vögeln herrscht offensichtlich nicht immer Frieden. Ich nehme mein Handy in die Hand und öffne die E-Mails, um mir die Details zur morgigen Geschäftsreise anzuschauen. Es geht um eine eventuelle Geschäftsübernahme. Steve, der Boss, verhandelt scheinbar schon ein Weilchen mit dem bisherigen Inhaber, welcher sich altersbedingt zurückziehen möchte, jedoch keinen geeigneten Nachfolger in der Familie oder den eigenen Reihen gefunden hat. Montagmorgen sollen die Übernahmegespräche und Verhandlungen während des ersten Meetings in eine letzte Runde gehen. Anschließend gemeinsames Mittagessen und nachmittags eine ausgedehnte Führung durch den Betrieb. Abends ist der Besuch einer davon unabhängigen und wohltätigen Spendengala angesagt. Dienstagmorgen dann abschließend das finale Meeting, bei welchem sich zeigen wird, ob der Deal für beide Seiten zufriedenstellend abgeschlossen werden kann. Ein weiteres gemeinsames Mittagessen danach war noch nicht fest vereinbart, aber auch nicht ausgeschlossen. Da keine weiteren, fixen Termine mehr aufgeführt sind, fällt mir auf, dass wir auch Dienstagnachmittag bereits hätten zurückfliegen können. Dann hat Steve also extra verlängert, damit wir unseren Dienstagabend noch dort verbringen ... Ich lese weiter und notiere mir die Flugdaten in meiner Agenda-App und rechne mir aus, dass ich hier etwa um 16:00 Uhr losfahren sollte, damit ich sicher früh genug am Flughafen bin. Ich erstelle mir auf der Memofunktion eine kurze Packliste.

Während ich mir überlege, welches Kleid ich für die Spendengala einpacken soll, vibriert eine Nachricht von Alex rein. „Guten

Morgen Miezekatze. Ich hoffe, du hattest einen grad so anregenden Traum wie ich. Wie wär's mit Brunch in einer halben Stunde, ich lade dich ein." Der Gedanke hat seinen Reiz, das Herz jubelt schon vorschnell „Ja!". Natürlich ohne nachzudenken, wie es Herzen so machen. Ich habe den Abend gestern erstaunlicherweise wirklich sehr genossen. Da ich mir jedoch fest vorgenommen habe, Alex bis zu seiner Heimkehr morgen aus dem Weg zu gehen, und ich ihm ganz sicher nichts über meinen Traum zu erzählen gedenke, schreibe ich: „Nette Idee, danke. Bin aber leider heute schon anderweitig beschäftigt und habe keine Zeit." Das Herz seufzt, aber der Verstand sagt: Bravo, das ist eine vernünftige Entscheidung! Denn Alex ist definitiv ein Störenfried für meine innere Ruhe! Ich fühle es einfach … Aber wieso fällt es mir dermaßen schwer, auf die Stimme der Vernunft zu hören, sobald es um Alex geht? „Weil Gefühle im Spiel sind?", fragt die innere Stimme zaghaft zurück. Ach was, solche Gefühle sind nichts für mich. Der Verstand hat mir bisher ein zufriedenes und sorgloses Leben beschert, ich werde mich davor hüten, den unberechenbaren Gefühlen allzu sehr zu gestatten, mein Leben zu diktieren!

Um mich gedanklich von Alex abzulenken, beginne ich mit dem Packen und es nützt. Die nächste Stunde bin ich vollauf damit beschäftigt, meine diversen Outfits für die kommenden Tage zusammenzustellen. Das Handy ignoriere ich absichtlich, nur falls er weitere Nachrichten schickt. Als ich mit Packen fertig, bin beschließe ich spontan, noch kurz ein paar Besorgungen im Ort zu erledigen, bevor ich mich nachher noch ein Weilchen dem Malen widmen möchte. Als ich eine Stunde später, mit Tüten bepackt, aus dem Supermarkt komme, laufe ich geradewegs Alex in die Arme. „Was für ein netter Zufall, wenn das kein Zeichen ist", sagt er strahlend und mit einem leicht süffisanten Unterton. Er fährt gleich weiter: „Lass mich dir helfen, das Zeug im Wagen zu verstauen, Kätzchen." Und schon schnappt er sich die Tüten und lässt mir keine andere Wahl, als ihm hinterher zu meinem Wagen nachzudackeln.

„Vielen Dank, sehr lieb von dir. Wär aber absolut nicht nötig gewesen", entringe ich mir, bei meinem Wagen angekommen, zu sagen. Ich mag es nicht, dass mein Herz schon wieder aufgeregt in meiner Brust herumhüpft und von den wild flatternden Schmetterlingen im Bauch fangen wir erst gar nicht an … „Hör zu Alea, ich muss in Ruhe mit dir reden. Können wir zusammen was trinken gehen?" „Nee, muss nach Hause, ich kann meine Einkäufe nicht im warmen Wagen stehen lassen", antworte ich ihm ziemlich rotzig und etwas verlegen. „Gut, dann komme ich auch dahin! Reden wir bei dir, da sind wir sowieso ungestörter, das kommt mir entgegen", erwidert er daraufhin und ich frage: „Und worüber müssen wir denn überhaupt reden?" Er schaut mich bittend an und sagt: „Ich denke, du weißt es, aber lass uns nicht hier damit anfangen." Er hält mir galant die Fahrertür auf, ich steige ein und sage: „Na gut, dann bis nachher bei mir." „Ich fahre hinter dir her und danke …", sagt er, während er sich abwendet und zu seinem Wagen rübergeht.

Während der Heimfahrt überschlagen sich meine Gedanken. Worüber genau will Alex reden? Wohl kaum über den Kuss, den ich ihm in seinen Augen schulde. Und was bitte soll ich denn darüber bereits wissen? Habe ich was verpasst? Ich habe wirklich keine Ahnung, was mich erwartet. Und trotz der Neugier bereue ich, mich darauf eingelassen zu haben. Alex macht mich nervös. Um mich abzulenken, schalte ich das Radio ein. Es läuft „Männer sind Schweine" von den Ärzten. Ich lache und frage mich, ob das jetzt wohl grad passt und auch ein Zeichen ist. Jedenfalls lasse ich mich davon ablenken und singe munter mit. Mir gefällt der Song und ist ja durchaus bisschen was Wahres dran.

Zeitgleich zum Ende des Liedes fahre ich in die Einfahrt meines Anwesens. Den Wagen lasse ich draußen vor dem Haus stehen, statt in der Garage zu parken, schließlich will ich ja heute Abend noch zum Essen mit Sabrina. Alex fährt kurz danach auf den Vorplatz und parkt neben mir. Wir gehen wortlos ins Haus und dann gleich weiter in die Küche. „Willst du einen Kaffee?", frage ich und Alex bejaht. Während ich die Kaffeemaschine starte, meint Alex: „Wollen wir uns auf die Veranda setzen? Das schöne Wetter sollte man ausnutzen!" „Klar, geh schon mal vor, ich komme dann mit dem Kaffee nach", antworte ich. Ich bereite ein Tablett mit Zucker, Sahne und Löffel vor. Schaue zu, wie der Kaffee durchläuft, und überlege mir erneut, was Alex wohl mit mir besprechen will. Ich weiß beim besten Willen nicht, was er damit gemeint hat, als er andeutete, ich wüsste, worum es geht. „Wirklich nicht?", kommt da diese zaghafte Stimme von innen, die ich seit gestern öfters und zunehmend deutlicher höre. Ich wische sie beiseite, stelle die beiden dampfenden Kaffeetassen aufs Tablett und gehe pochenden Herzens raus, zu Alex auf die Veranda.

Als wir beide in unseren Tassen rühren, schaue ich ihn an und sage betont locker und ruhig: „Na, dann schieß mal los. Was liegt dir denn auf dem Herzen?" „Auf dem Herzen ist ein gutes Stichwort!", antwortet er mit Bedacht und schaut mir dabei tief in die Augen. „Ich werde dir jetzt ganz offen meine Gefühle gestehen und ich möchte, dass du mich ohne zu unterbrechen zu Ende reden lässt." So ernsthaft kenne ich ihn noch gar nicht. Und ob ich was über seine Gefühle hören will, bezweifelt zumindest mein Verstand, während das Herz die Hände reibt und freudig sagt: „Lass hören!" Und so bringe ich bloß ein neugieriges, zögerliches Nicken zustande.

Liebevoll schaut er mich an und beginnt: „Als ich dir damals das erste Mal in die Augen schaute, traf es mich wie ein Blitz! Ich fühlte mich extrem zu dir hingezogen. Auf eine Art, die ich nicht kannte, mir nicht erklären konnte und die mir irgendwie Unbehagen, nein, sogar Angst bereitete. Ich war ja damals auch erst knapp vor meinem dreizehnten Geburtstag und somit weit entfernt von erwachsen. Aber du mit deinen neun Jahren warst in meinen Augen noch ein kleines Kind. So wehrte ich mich also sehr stark gegen diese Gefühle und natürlich gegen dich. Dass ich immer so fies zu dir war, kommt somit sicher daher. Ich habe dich indirekt dafür bestraft, dass du diese komischen Gefühle in mir ausgelöst hast." Klingt irgendwie logisch, wie ich finde, aber wie er gewünscht hat, verkneife ich mir jeglichen Kommentar oder neugierige Frage. Ich bin fasziniert davon, seine Sicht der Dinge zu erfahren und warte gespannt darauf, dass er weiterspricht. „Ich hoffe, du erinnerst dich an den Tag, als ich dich geküsst habe?" Er schaut mich fragend an. Ich erröte leicht, nicke herzklopfend und signalisiere ihm mit meinem Blick, fortzufahren.

„Mit diesem Kuss damals wollte ich mir eigentlich nur selbst beweisen, dass da nichts Spezielles zwischen uns ist. Dass alles irgendwie eine schräge Einbildung, bloß ein Hirngespinst sei. Und ich erhoffte mir, dich danach endlich aus meinen Gedanken und Gefühlen verbannen zu können." Er macht eine kleine Pause, trinkt seinen Kaffee fertig und schaut mich dann wieder mit seinen unglaublich schönen Augen an. Und schlagartig wird mir klar, es sind dieselben Augen! Plötzlich sehe ich das Gesicht dieses anderen Mannes aus meinem Traum letzte Nacht vor mir, er hatte exakt dieselben Augen! Ich bin verwirrt, habe aber keine Zeit, weiter darüber nachzudenken, denn schon fährt Alex fort: „Aber als du dann begannst, den Kuss zu erwidern, Alea, da war ich verloren! All die aufgestauten und unterdrückten Gefühle für dich kamen gleichzeitig und in geballter Ladung hoch. Und nebst dem äußerst erregenden Teil der Sache fühlte ich eine Art Verbundenheit und Tiefe, die ich weder davor noch danach in nur annähernd vergleichbarer Form je wieder empfunden habe. Es war eine Art Heimkommen zu mir selbst. Sehr schwer, das genau zu beschreiben. Es war einfach unglaublich, aber das hat mich damals erneut im Innersten aufgewühlt und gleichzeitig fuchsteufelswild und wütend gemacht."

Er wird kurz nachdenklich und fährt dann fort: „Ich habe danach lange, wohl eher unbewusst, immer wieder nach diesem Gefühl gesucht. Glaub mir, ich habe wirklich sehr viele Frauen geküsst und verführt in der Hoffnung, diesen Zustand erneut zu verspüren oder irgendwann ohne diesen glücklich werden zu können. Aber es scheint, als könne ich mich nicht mit weniger als dem zufriedengeben. Hätte ich diese intensiven Gefühle damals zwischen uns beiden nie verspürt gehabt, wäre es vielleicht möglich gewesen, aber so ... Ich habe Jahre damit zugebracht oder besser gesagt vertrödelt, diese Gefühle bei einer anderen Frau zu finden, weil ich mir vom Schicksal nicht diktieren lassen oder glauben wollte, dass es nur die eine, nämlich dich, geben könnte. Weißt du, Alea, inzwischen vermute ich, dass du wohl eine sehr nahe Seelenverwandte sein musst. Und in den letzten Monaten hatte ich vermehrt Träume, die mich in dieser Schlussfolgerung noch bestärken. Wäre Lisas Beerdigung nicht der Grund gewesen, mich hier mal wieder blicken zu lassen, wäre ich sowieso in absehbarer Zeit vor deiner Türe aufgekreuzt. Denn ich will dieser Sache zwischen uns endgültig auf den Grund gehen. Und jetzt weißt du auch, wieso ich dich unbedingt wieder küssen will.» Mit einem betörenden Lächeln beendet er seine Rede und ergänzt dann noch: „Ich muss mich einfach nochmal davon überzeugen, dass ich mir das alles nicht bloß einbilde! Verstehst du mich?"

Ich bin sprachlos und das kommt echt selten vor! In mir drin kommen tausend Gedanken hoch und es ist innerlich ein Getuschel verschiedener Stimmen zu vernehmen. Die eine frohlockt eindeutig. Sicher diejenige, welche auch dauernd die Schmetterlinge fliegen lässt, sobald Alex in der Nähe ist. Sie drängt mich, ihn zu küssen, statt mit Worten etwas zum Ausdruck bringen zu wollen, dass ich noch nicht mal im Ansatz verstehe. Die andere Stimme, eindeutig der Verstand, meldet jedoch Alarm. Ich glaube durchaus an Seelen und mein Vater hatte früher mal erwähnt, dass er überzeugt war, meine Mutter und er seien Seelenverwandte. Aber bisher hatte ich mich nicht näher mit diesem Thema auseinandergesetzt. Meinte Alex das alles tatsächlich ernst? Was würde das bedeuten, falls es wirklich so ist? Was soll ich bloß antworten, wenn ich nicht mal selbst weiß, was in mir drin grad vorgeht? Nach längerem Zögern sage ich: „Ich danke dir, dass du so ehrlich zu mir bist, das weiß ich durchaus zu schätzen. Und ich glaube, ich verstehe im Kern, was du mir da eben alles offenbart hast, aber ich fühle mich im Moment völlig überrumpelt. Nein! Sogar ein bisschen überfordert! Und ich weiß echt nicht, was ich denken oder gar dazu sagen soll."

„Schau mir in die Augen und dann sag mir, dass du dasselbe wie bei unserem Kuss, bei anderen Männern auch schon empfunden hast. Oder sag mir, dass du damals nichts Spezielles empfunden hast. Kannst du das!?", verlangt er mehr, als dass er danach fragt. So genau habe ich mir das bis heute gar nie überlegt. Ein gewisses Kribbeln brauche ich von vornherein, damit ich mich körperlich auf einen Mann einlasse. Und naja, es gibt gute Küsser und Sexpartner und weniger gute ... Aber diese tiefe Verbundenheit, die Alex erwähnt hat und welche auch mir damals bei unserem Kuss förmlich den Boden unter den Füssen weggerissen hatte, habe ich tatsächlich danach nie mehr verspürt. Ich schreibe das aber dem Erlebnis meines allerersten Kusses und meinem jugendlichen Alter zu.

Alex fasst sanft mit seinem Zeigefinger unter mein Kinn, hebt es an, damit ich ihm in die Augen schauen muss und meint dann: „Ich warte auf deine Antwort, Alea!" Ich kann ihm nicht antworten, ich bin völlig durcheinander und in meinem Bauch toben sich immer noch gefühlte tausend Schmetterlinge aus. Er blickt mich nochmal prüfend an, bevor er langsam seinen Mund auf meinen senkt. Unsere Lippen berühren sich und ein wohliger Schauer durchfährt mich vom Scheitel bis zur Sohle. Ein leises Seufzen entfährt mir und dann gibt es kein Halten mehr. Alex reißt mich an sich und wir küssen uns wie zwei Ertrinkende. Lassen uns von diesem wilden, tiefen Gefühlsstrudel mitreißen. Es ist wirklich eine Art Heimkommen zu sich selbst, wie Alex gesagt hat. Nur noch viel schöner! Einfach unbeschreiblich und ich höre in meinem Inneren die Worte: „Ich bin du und du bist ich, zusammen sind wir eins." Was mich erneut an den Traum von letzter Nacht erinnert ...

Als wir uns nach einer gefühlten Ewigkeit voneinander lösen und wieder in die Augen schauen, sagt er ganz leise: „Ich bin du und du bist ich, zusammen sind wir eins." Meine Augen fahren erschrocken in die Höhe. Während mir sämtliche Gesichtszüge entgleisen, schaue ich ihn völlig perplex an und hauche ungläubig: „Was hast du da eben gesagt?" Ich glaube wirklich, mich verhört zu haben, oder hat er in Wahrheit gar nichts gesagt und es war wieder diese innere Stimme, die gesprochen hat? Aber er wiederholt dieselben Worte, diesmal ein bisschen deutlicher und lauter und schaut mich dabei prüfend an. Nach einer Pause sagt er: „Weißt du, ich träume sehr viel von dir, mein Kätzchen. Und auch, wenn du nicht immer in derselben äußeren Gestalt zu mir kommst, erkenne ich dich dennoch jedes Mal."

Er kennt diese Art der Träume also auch. Erneut denke ich ebenfalls an meinen Traum zurück, Alex hatte darin eindeutig auch ein total anderes Aussehen gehabt, aber trotzdem spürte ich tief im Inneren, dass er es war. Und die Sache vorhin mit den identischen Augen ... Das Ganze ist echt spooky. „Ich glaube, ich weiß, was du damit meinst", gebe ich zu und fahre dann fort: „Da du so offen zu mir warst, werde ich es jetzt auch sein." Und mit meinem Geständnis, welches ich schonungslos zu offenbaren gedenke, erhofft sich mein Verstand, sich wieder ein bisschen Distanz zu Alex und dieser Geschichte zu verschaffen. Irgendwie beängstigt mich, was da gerade zwischen uns beiden abgeht! „Ich bin zwar, wie Sabrina dir gesagt hat, Single, aber das heißt nicht, dass es in meinem Leben keine Männer gibt!" Und dann erzähle ich ihm von meinem Doppelleben, wie es dazu kam und wo ich heute stehe. Ich lege alles schonungslos offen auf den Tisch. Er hört mir ausdruckslos und unerwartet ruhig zu. Ich erwarte, ihn damit zu schockieren und als ich meine Beichte nach einer Weile beende, schaue ich ihn forschend an und frage mit bewusst provozierender Stimme und skeptisch hochgezogener Augenbraue: „Na, siehst du mich jetzt immer noch mit denselben Augen?" Sein Blick ist milde, liebevoll und enthält ein leicht amüsiertes Flackern, als er mit seiner unglaublich schönen und tiefen Stimme sagt: „Zuerst möchte ich mich ebenfalls für deine Offenheit bedanken, Alea. Ich bin wirklich froh, dass du es mir so ehrlich und auch so schnell erzählt hast. Aber ich muss dir etwas gestehen: Ich wusste das meiste davon bereits." Er schmunzelt und guckt um Entschuldigung heischend wie ein junger Hund. „Du wusstest es? Woher zu Teufel? Wie kann das sein?", frage ich völlig überrascht, verdattert und nicht minder entsetzt. „Sagen wir mal so, ich hab dich immer im Auge behalten, all die Jahre. Ich konnte ja nicht anders, da du immer in meinem Kopf und in meinen Träumen warst", antwortet er in einem, immer noch leicht entschuldigenden Tonfall, welcher aber von einem schiefen Grinsen begleitet wird. Dann fährt er fort: „Dass du so schnell und offen damit rausgerückt bist, bedeutet mir wirklich sehr viel. Und es liegt mir fern, dein Verhalten zu ver- oder beurteilen, Kleines, denn ich liebe dich genau so, wie du bist! Und ich bin auch nicht eifersüchtig auf die anderen Kerle, jetzt sowieso nicht mehr, da ich weiß, dass deren Küsse dich nicht da berühren, wo meine es tun, nämlich tief im Herz!"

LIEBE! Hat er eben wirklich gesagt, dass er mich liebt? Mein Verstand meldet erneut Alarm, genauer gesagt, höchste Alarmstufe!! Das geht jetzt doch zu schnell und zu weit. Liebe ist ein so großes und zu oft missverstandenes und missbrauchtes Wort. Zudem jagt es mir höllisch Angst ein, wenn Männer über diese Art Liebe zu sprechen beginnen. Bisher, wenn einer davon sprach, gehörte er ruckzuck der Vergangenheit an. Denn diese Art der Liebe endet, wie die Allgemeinheit mir immer wieder aufs Neue beweist, zuerst mal in einer noch liebevollen Paarbeziehung, danach werden jedoch schnell mal Bedingungen gestellt und Erwartungen gehegt. Die allergrößte und wohl dümmste, der Partner sollte einem ergänzen, also zu einem Ganzen machen! Was für ein Käse! In meinen Augen war das wichtigste Ziel eines jeden einzelnen Menschen, in sich selbst ganz und zu einer Einheit zu werden. Sowas wie Ergänzung war dann nämlich nicht mehr nötig! Und eine Beziehung konnte somit ein freies, bedingungsloses und bereicherndes Geschenk für beide Parteien sein, welches man zusammen genießen durfte. Ohne bequemerweise zu erwarten oder davon auszugehen, dass einem der Partner komplettiert oder glücklich macht.

Für sein Glück ist jeder selbst zuständig, finde ich. Die Erwartungen schaffen bloß Abhängigkeit, die wiederum erzeugt Verlustangst und somit entstehen wieder neue Bedingungen, welche aufgestellt werden. Ein übler Kreislauf, der meist irgendwann damit endet, dass diese sogenannte große Liebe, tränenreich in sich zusammenbricht – das, nachdem entweder Bedingungen nicht eingehalten oder Erwartungen lange genug nicht erfüllt wurden. Manche verharren auch einfach weiter in öden, einengenden und unglücklichen Beziehungen und bemitleiden sich selbst. Die wenigsten Paare, die ich kenne, sind wirklich von Herzen glücklich zusammen und können beide frei weiterwachsen und sich und die jeweiligen Wünsche ausleben.

„Okay, Alex! Ich gestehe ja, dass mich deine Küsse auf eine andere, tiefere Art berühren und definitiv irgendetwas Spezielles, fast Magisches zwischen uns vorgeht", sage ich und muss daran denken, dass er dieselben Worte gesagt hat, die ich im Traum schon gehört hatte. Höchst rätselhaft und sehr interessant. „Aber ich will weder was von Liebe noch von Beziehung oder so hören! Verstanden! Ich weiß nicht, was du dir von dem Ganzen erhoffst und ehrlich gesagt brauche ich jetzt erst mal ein bisschen Ruhe, um meine Gedanken zu ordnen und diese Informationen zu verarbeiten!", ende ich ruhig und bestimmt. "Die Zeit kriegst du. Ich fahre sowieso morgen Früh nach Hause zurück. Aber ich werde wiederkommen, Süße, sogar sehr bald!", sagt er mit einem geheimnisvollen Lächeln, steht auf, haucht mir mit dem einen Auge zwinkernd einen Luftkuss zu und verschwindet fröhlich vor sich hin pfeifend. Ich bleibe noch ein Weilchen alleine auf der Veranda und in meinem Innern herrscht das totale Chaos.

Inzwischen sitze ich pünktlich wie mit Sabrina vereinbart beim Italiener am Tisch und warte. Sie war früher schon immer ein paar Minuten zu spät, erinnere ich mich schmunzelnd, während ich an meinem bereits bestellten Martini nippe. Ich schaue mich um, welche anderen Gäste noch anwesend sind, während meine Gedanken erneut zum Nachmittag zurückschweifen. Nachdem

Alex gegangen war und ich mich aus meiner Schockstarre rausgekämpft hatte, zog ich meine Sportklamotten an und joggte eine gute Stunde durch den Wald, um meinen Kopf einigermaßen frei zu kriegen. Anschließend habe ich geduscht und mich dann ins Atelier verzogen, wo ich meine innere Ruhe beim Malen endgültig wiedergefunden habe. Ich bin dabei zu dem Schluss gekommen, mich auf dieses waghalsige, unbekannte Gefühlsexperiment mit Alex dem Störenfried einzulassen, um zu sehen, wohin das Ganze uns führen wird. Die Herzstimme in mir soll mehr Raum kriegen, um sich auszudrücken, und einen Versuch ist es zumindest wert. Wie sagt man so schön? No risk, no fun! Und kein Mann hat mich bisher so kribbelig und konfus gemacht wie er!

Ich sehe, wie Sabrina zur Tür reinkommt, und winke ihr zu. Sie winkt zurück, kommt an den Tisch und wir begrüßen uns lächelnd und mit einer innigen Umarmung. Der Kellner kommt und sie ordert sich ebenfalls einen Martini. Wir beschließen, als Erstes gleich in die Speisekarte zu schauen, damit wir nachher bestellen können, wenn ihr Drink kommt. Ich entscheide mich für die Ravioli Ricotta e Spinaci, während Sabrina Risotto mit Safran und Gorgonzola auswählt. Nachdem unser Kellner Tomaso, wie sein Namensschild uns verrät, die Bestellung notiert hat, prosten Sabrina und ich uns mit den Worten „Auf einen netten Weiberabend!" zu.

Neugierig, wie sie ist, fragt sie gleich nach, was gestern beim Essen mit mir los gewesen sei. Meine Wangen hätten so verräterisch geglüht, meint sie. „War da mal was zwischen Alex und dir, von dem ich noch nichts weiß?", will sie schmunzelnd wissen. Ich bin noch nicht bereit, mit jemandem über meine Gefühle für Alex zu sprechen. Schon gar nicht mit seiner Schwester und nicht, bevor mir selbst klar geworden ist, was da zwischen uns eigentlich genau läuft! Deshalb wähle ich eine möglichst neutrale Tonlage und sage verharmlosend und hoffentlich total locker lächelnd: „Ach ja, es gab da mal einen kindischen Kuss.

Einen seiner üblichen üblen Streiche und ich habe dir nie etwas davon erzählt. Es war einfach nicht wichtig und hat nichts bedeutet." Ich hoffe, ab dieser Lüge nicht zu erröten, denn das ist bei Weitem nicht so ehrlich und offen, wie ich sonst eigentlich bin. „Die Erinnerung daran hat mich gestern wohl kurz etwas verwirrt, mehr ist da nicht", ergänze ich sicherheitshalber und kreuze heimlich unter dem Tisch die Finger. Ich hoffe, das wird mir nicht zur Gewohnheit, vor Sabrina Geheimnisse haben zu müssen, es gefällt mir nämlich ganz und gar nicht.

„Na, dann ist ja gut, wenn da nichts zwischen euch gelaufen ist oder läuft, das sähe seine zukünftige Frau sicher nicht gerne! Und in Anbetracht, dass sie hier leben werden, ist es für den Dorffrieden wohl auch zuträglicher." Sie lacht geheimnisvoll und trinkt erst mal ihren Drink aus. Dadurch entgeht ihr glücklicherweise, wie meine Gesichtszüge kurzweilig zum zweiten Mal entgleisen heute und es gibt mir zusätzlich sogar ein paar Sekunden, um meine Fassung einigermaßen zurückzugewinnen. So ruhig und beiläufig wie möglich sage ich: „Na, das sind ja mal Neuigkeiten! Erzähl!" Den Frosch im Hals versuche ich dabei möglichst unauffällig hinunterzuschlucken.

„Eigentlich dürfte ich dir gar nichts erzählen, Alex hat uns ausdrücklich gebeten, noch niemandem etwas davon zu erzählen", sagt sie leicht verlegen und nach einem Augenrollen und einer kurzen Pause: „Aber du gehörst ja sozusagen zur Familie und wirst es ja niemandem verraten, Freundinnenehrenwort?" „Natürlich Freundinnenehrenwort. Ich werde das Geheimnis wahren, erzähl mir alles!", antworte ich mit rauer Stimme und dann erzählt sie mir, dass Lisa bereits zu Lebzeiten bestimmt hatte, dass Alex nach ihrem Ableben dereinst ihr Haus erben sollte. Als Sabrina ihn heute Nachmittag dann gefragt hatte, ob er bereits wisse, was er mit dem ganzen Anwesen machen wolle, habe Alex geantwortet, dass er vorhabe, das Haus für sich und seine zukünftige Ehefrau umzubauen. Er hätte die Pläne dazu schon länger bereit und werde die Bauführung und Bauaufsicht selbst übernehmen und dazu einige Arbeiten höchstpersönlich erledigen. Und er wolle damit bereits demnächst beginnen, er habe dafür in der Firma auch schon extra eine achtmonatige Auszeit beantragt.

„Das sind vielleicht Neuigkeiten!", sage ich mit leicht zittriger Stimme. In meinem Inneren fühle ich mich völlig leer, erneut total erstarrt. „Kennt ihr denn seine zukünftige Frau?", frage ich mit pochendem, schmerzendem Herzen, aber nach außen ziemlich ruhig und harmlos lächelnd. Ich exe meinen Martini, das ist jetzt dringend nötig, denn es fühlt sich an, als hätte ich gerade einen riesigen, brennenden Stein verschluckt. Mein Magen krampft sich zusammen und in mir brodelt es. Bin ich etwa eifersüchtig? Fühlt sich das so an? Oh Mann ... „Nein, wir haben ja auch erst heute zum ersten Mal das Wort Ehefrau aus Alex Mund gehört. Es kam total überraschend und Mum hätte beinahe ihr Wasserglas, welches sie in der Hand hielt, fallen lassen beim Wort Ehefrau Du weißt ja, Mamis Liebling und so", sagt sie schon wieder augenrollend. Sabrina war dafür immer Papas Herzengel gewesen, erinnere ich mich, so hatte sich das wohl ausgeglichen und keiner von beiden war auf den anderen neidisch gewesen.

Dann fährt sie fort: „Weißt du, Alex ist da sowieso immer sehr verschwiegen gewesen und wir haben die wenigsten seiner weiblichen Bekanntschaften überhaupt je kennengelernt. Bisher führte er, so glaube ich, bloß oberflächliche Beziehungen und nie was wirklich Ernsthaftes. Die Letzte war ein Unterwäschemodel oder so was in der Art. Und soweit ich weiß, hat er sie schon vor etwa einem Jahr abserviert. Ich habe keine Ahnung, um wen es geht, Alex hat uns noch nicht mal ihren Namen verraten, aber er musste Mum versprechen, dass wir seine Auserwählte bald zu Gesicht bekämen. Ich bin sehr gespannt. Sie muss was ganz Besonderes sein, denn wir alle hatten ehrlich gesagt schon fast die Hoffnung aufgegeben, dass er es mal ernst meint und sogar vom Heiraten spricht. Und Pa mutmaßte bereits, Alex wäre vielleicht schwul." Sie amüsiert sich köstlich und merkt nicht, dass in mir ein Sturm an Gefühlen tobt.

„Du, ich muss kurz mal für kleine Mädchen. Bestell doch bitte eine Flasche Wein, falls du Tomaso siehst." Ich stehe auf und gehe, um einiges würdevoller als ich mich fühle, in Richtung der Toiletten. Jetzt bloß nicht in Tränen ausbrechen, hämmere ich mir ein, während schon wieder Chaos in mir tobt. Ich bereue meine voreilige Entscheidung vom Nachmittag, mich auf Alex und meine zarten Gefühle für ihn einzulassen. Nur gut, habe ich ihm das bisher nicht gesagt! So ist die Angelegenheit jetzt also erledigt, bevor sie überhaupt begonnen hat! Was denkt sich der Kerl eigentlich? War das Gesagte von heute Nachmittag alles nur erlogen? Ein Meisterstreich, wie früher? Konnte das sein? Hatte er mich wirklich bloß gekonnt um den Finger gewickelt, damit er schlussendlich seinen Kuss kriegt? Und ich, ausnahmsweise mustermäßig blond, hatte ihm einfach alles, ohne es zu hinterfragen, geglaubt. Das kann und will ich nicht glauben, zu echt kam das alles rüber. Aber was Sabrina da erzählt, spricht ebenfalls eine deutliche Sprache. Oh mein Gott, ich habe mich ihm offenbart. Mehr als ich es je bei jemandem sonst so schnell getan habe. Oder ist es vielleicht möglich, dass zwar alles stimmt, was er gesagt hat, er jedoch trotz dieser Gefühlssache eine andere heiraten will? Vielleicht hat er dies nicht erwähnt, weil er von meiner toleranten Einstellung und der Abneigung gegen feste Beziehungen weiß? Das geht alles irgendwie trotzdem nicht auf und in meinem Kopf drehen sich Fragen über Fragen ...

Ich bin durcheinander, weiß nicht, was ich davon halten soll, aber ich fühle mich definitiv verletzt und möchte am liebsten sofort nach Hause, mich in eine Ecke verkriechen, um meine Wunden zu lecken. Ich schaue in den Spiegel, nehme ein paar tiefe Atemzüge und stopfe die Gefühle samt all den offenen Fragen zurück in die inneren Tiefen. Dann beschließe ich, künftig wieder vermehrt auf den Verstand zu setzen. Auf die Gefühle zu hören, bringt ja scheinbar bloß Ärger. Ich habe es doch vermutet ... Als ich an den Tisch zurückkehre, bin ich äußerlich wieder gefasst. Tomaso serviert gerade unser Essen, es duftet himmlisch. Schade, ist mir der Appetit so völlig vergangen, denn es sieht verdammt lecker aus. Ich zwinge mich, dennoch zu essen, damit Sabrina nicht misstrauisch wird. Der Wein fließt sowohl wie von selbst als auch reichlich und für den Rest des Abends bin ich sehr darauf bedacht, das Thema Alex zu vermeiden.

Gut gibt es zuhauf anderen Gesprächsstoff und ich lasse Sabrina Geschichten und Anekdoten von ihren Kindern erzählen. Sie ist völlig in ihrem Element, eine echte Vollblutmami, wie mir bewusst wird, und wir amüsieren uns ob der diversen Ereignisse, die sie zum Besten gibt. Um elf Uhr verlangen wir bei Tomaso die Rechnung, geben ihm ein großzügiges Trinkgeld, welches ihn freudig erstrahlen lässt, und verabschieden uns danach draußen auf dem Parkplatz mit einer liebevollen und innigen Umarmung und dem Versprechen, künftig den Kontakt wieder mehr zu pflegen.

Jetzt hätte ich Thors freudige Begrüßung und das Tröstliche seiner Nähe gut gebrauchen können. Ich vermisse ihn, als ich mein leeres, stilles Haus betrete und bereue ein bisschen, ihn Sam mitgegeben zu haben. Ermahne mich aber gleich selber, weil das egoistisch von mir ist. So beschließe ich, mich stattdessen mit einem doppelten Whisky zu trösten. Daran nippend angle ich mein Handy aus der Handtasche, lasse mich aufs Sofa plumpsen und kontrolliere die eingegangenen Nachrichten.

Sam hat ein paar Fotos von der heutigen Tour in die Berge geschickt. Wunderschöne Landschaftsaufnahmen, die mich etwas aufmuntern. Und dann noch ein witziges Selfie von ihm und Thor. Während Sam freudestrahlend in die Kamera blickt, leckt Thor ihm genüsslich über die Wange. Ich lächle und freue mich zu sehen, dass es den beiden so gut geht. Da ich wegen dem Alkohol eher schreibfaul bin, nehme ich eine Sprachnachricht auf, in der ich kurz von meinem Tag berichte und ihnen weiterhin viel Spaß zusammen wünsche. Steve, der Boss, schreibt, dass er sich freut, mich morgen zu sehen und danach die Zeit bis Mittwoch mit mir zu verbringen. Das ist eher außergewöhnlich für ihn, er schreibt sonst immer bloß, wenn es was wirklich Relevantes gibt. Aber darüber mag ich mir nicht auch noch Gedanken machen, runzle nur kurz nachdenklich die Stirn und schreibe dann ein „Freue mich ebenfalls, bis morgen" zurück.

Am liebsten würde ich ja Alex eine gepfefferte Nachricht schicken, um meine Wut und Enttäuschung über ihn so richtig zum Ausdruck zu bringen. Aber offiziell weiß ich ja nichts von all dem. So würde ich Sabrina als Plappermaul outen und ich will eigentlich auch gar nicht, dass er weiß, wie sehr mich sein Verhalten verletzt. Das würde seinen Triumph noch vergrößern, falls er sich wirklich einen miesen Spaß mit mir erlaubt. Diese Genugtuung gönne ich ihm ganz sicher nicht! Ich lege das Handy weg und greife erneut zur Flasche. Wohlwissend, dass Alkohol keine Sorgen beseitigt, aber ich glaub, einen letzten Whisky vertrag ich noch oder besser nochmal einen doppelten. Für guten Schlaf wird er jedenfalls sorgen …

Ich stehe mitten in einem stickigen, übel nach Schweiß und Parfum riechenden Ballsaal. Verzweifelt versuche ich mir mit einem Fächer etwas kühlere und frischere Luft zu verschaffen. Es fühlt sich an, als würde ich gleich ohnmächtig werden. Mein Mieder ist zu eng geschnürt. Das realisiere ich, während irgendein geschwätziger, perückentragender, in edle Gewänder gehüllter, gleichzeitig aber schrecklich stinkender, alter Mann pausenlos und erst noch in französischer Sprache auf mich einredet. Sein mehr als strenger Mundgeruch lässt beinahe die Locken meiner eigenen Perücke erschlaffen. Oh Gott, ist mir heiß und so übel! Ich blicke neugierig an mir hinunter und sehe ein prächtiges goldfarbenes Ballkleid, aus Brokat vermutlich. Darunter gucken, wohl aus demselben Stoff gefertigte Schuhspitzen hervor, welche mit Perlen besetzt sind und deren Absätze aus purem Gold zu bestehen scheinen. Befinde ich mich etwa im 18. Jahrhundert oder ist das hier ein exklusiver Kostümball? Plötzlich fühle ich mich beobachtet und drehe mich unauffällig um. An der mit goldenen Ornamenten verzierten Flügeltür des Ballsaals steht der schönste

Mann, den ich jemals gesehen habe. Mein Herz beginnt wild zu pochen, Schmetterlinge flattern im Bauch und ich lasse ihn nicht mehr aus den Augen.

Jetzt kommt er geradewegs auf mich zu, bleibt dicht vor mir stehen und sagt, während er lächelnd meine Hände ergreift: „Da bist du ja, meine Liebste. Ich habe dich schrecklich vermisst!" Wir schauen uns tief in die Augen. Er ist mir so vertraut und ich weiß instinktiv, wir gehören zusammen. Nun lässt er die eine Hand los. Sagt, während er mich an der anderen hinter sich herzieht: „Komm mit, dir fehlt eindeutig etwas frische Luft!", und gemeinsam laufen wir nach draußen in einen wundervoll farblich explodierenden, vielfältig bepflanzten Park. Es ist Frühling, eine Vielzahl der Pflanzen steht in voller Blüte und es duftet herrlich erfrischend nach dem Parfum von Mutter Natur höchstpersönlich. Hinter einer abgelegenen Hecke bleiben wir endlich heftig atmend und lachend stehen, ich nehme genussvoll einen tiefen Atemzug und seufze wohlig während des Ausatmens. Er schaut mich mit seinen strahlend blauen Augen an und zieht mich dann an sich. Wir küssen uns. Es liegen so viel Liebe und Hingabe in diesem Kuss. Ein Augenblick, der ewig dauern sollte und noch während dem Kuss wird mir klar, es ist schon wieder Alex …

4. KAPITEL

Unbekannte Gefühle

Verwirrt erwache ich um neun Uhr mit üblen Kopfschmerzen und einem sehr faden Geschmack im Mund. Zwei Aspirin und eine Dusche später geht es mir bereits deutlich besser und ich beginne, meinen Koffer zu packen. Nachdem ich alles nochmals überprüft habe, gönne ich mir eine große Tasse meines Lieblingstees und setze mich in den Schaukelstuhl, welcher auf der Veranda neben einem ziemlich mächtigen Drachenbaum im Topf, in der Ecke steht. Mein Handy erwartet mich mit einer Nachricht von Alex: „Wie geht's denn meinem Sonnenschein? Ich bin auf dem Weg in mein einsames Zuhause und wünschte mir, du säßest neben mir! Wie wäre es nächsten Freitagabend mit einem gemeinsamen Abendessen?" Na, der hat vielleicht Nerven! Einsames Zuhause? Was war denn mit der werten Zukünftigen? Erwartete die ihn nicht schon sehnsüchtig? Dieses neue Gefühl, genannt Eifersucht, nagt leise an mir. Ich mag das nicht! Und ich will das auch gar nicht.

Ich kaue nervös auf meiner Lippe rum und überlege fieberhaft, was ich ihm antworten soll. Schlussendlich schreibe ich ziemlich poetisch, geheimnisvoll, aber dennoch nichtssagend genug: „Mir geht's wie der Sonne, ich lächle! Fliege für ein paar Tage weg, bin mit meinem Boss auf Geschäftsreise und kann noch nicht sagen, ob ich Freitag Zeit und Lust habe. Wünsche dir eine schöne Woche." „Dein Lächeln ist für mich die Sonne, Wildkatze! Viel Spaß auf deiner Reise und tu nichts, was ich nicht auch tun würde. Ich melde mich …", kommt postwendend zurück. „Schreibst du etwa während der Fahrt?", will ich wissen. Woraufhin er erneut prompt zurückschreibt: „Hmm … Was soll ich sagen … Ich bin wohl ein Bad Boy." „Ja verflixt nochmal.

Das bist du tatsächlich!", denke ich augenrollend und schreibe: „Dann konzentrier dich jetzt lieber auf die Fahrt, ich habe sowieso keine Zeit mehr zum Quatschen!" Kurz darauf vibriert das Handy erneut und er schreibt, von breit lachenden Smileys begleitet: „Zu Befehl, Madame!" Und ich schmunzle, obschon ich doch eigentlich immer noch stinksauer auf ihn bin. Er will Spielchen mit mir treiben? Na, dann soll er doch Spielchen kriegen ... Das kann ich auch.

Hoch über den Wolken Sekt zu trinken, ist für mich immer wieder ein Vergnügen! Auch wenn Forscher behaupten, dass Höhenmeter keinen Einfluss auf die Wirkgeschwindigkeit des Alkohols haben, wage ich, zu behaupten, dass dem bei mir ganz sicher so ist. Die stimulierende Wirkung setzt um einiges schneller ein als sonst und ich genieße die aufkommende Beschwingtheit. Das und die steigende, physische Distanz zu Alex sollten helfen, meinen inneren Frieden bald wiederherzustellen. Jedenfalls fühle ich mich bereits viel lockerer. Jetzt muss ich nur aufpassen, dass ich wegen dem Kerl nicht zur Trinkerin werde.

Steve, mein attraktiver Boss, verhält sich heute irgendwie anders als sonst. Seit wir uns am Check-in-Schalter begrüßt haben, ist er ungewohnt aufmerksam und zuvorkommend. Normalerweise studiert er während eines Flugs Unterlagen oder macht sich irgendwelche Notizen. Heute sitzt er ganz entspannt neben mir, überhäuft mich mit Komplimenten und interessiert sich dafür, was ich diese Woche alles so gemacht habe. Ich erzähle ihm von Lisas Ableben und der Beerdigung. Davon, dass ich Sabrina wieder getroffen habe. Aber kein Wort über Alex. Den will ich ja lieber wieder vergessen. Diesen Schwerenöter und Frauenheld. Statt darüber nachzugrübeln, weshalb Steve sich so merkwürdig verhält, lasse ich mich einfach darauf ein und freue mich, dass es als Gedankenablenkung ganz hilfreich ist. Der neunzig Minuten dauernde Flug ist schnell vorbei und nachdem wir unser Gepäck abgeholt haben, steigen wir vor dem Flughafengebäude in ein wartendes Taxi. Das gebuchte Hotel ist nicht sehr weit entfernt und während der kurzen Fahrt erledigt Steve einen Anruf, während ich die Zeit nutze, um einen Blick auf mein Handy zu werfen.

Sabrina hat geschrieben, dass sie staufrei zu Hause angekommen ist, jedoch eine chaotische Begrüßung hinter sich hat. Lea, der fiebrigen Kleinsten, geht es zwar inzwischen ein bisschen besser. Aber jetzt sind die beiden anderen Kinder ebenfalls krank geworden. Und ihr Mann Lukas zeigt auch erste Anzeichen, dass er der nächste im häuslichen Lazarett wird, der ge- und verpflegt werden will. Sie schreibt, dass sie sich am liebsten wieder ins Auto setzen und zurück ins Wochenende fahren würde. Ich bin froh, nicht an ihrer Stelle zu sein! So kann ich auch amüsiert schmunzeln, als sie die Szene beschreibt, wo Tim, der Mittlere, sich im soeben frisch bezogenen Bett übergibt, während Lea sich in Eigenregie grad ihrer vollen Windel entledigt. Ich nehme mir vor, ihr später ein paar tröstende Worte zukommen zu lassen, und stecke das Handy wieder in die Tasche, da Steve soeben seinen Anruf beendet hat.

Inzwischen ist es bereits Dienstagnachmittag. Der gestrige Tag ist äußerst erfolgreich und genau so, wie Steve es geplant und gewollt hat, verlaufen. Die Übernahmeverträge sind unter Dach und Fach, das Ergebnis wurde mehrfach gefeiert und begossen. Die Galaveranstaltung gestern Abend war sehr pompös und unterhaltsam. Mein bodenlanges, kirschrotes Kleid hat Aufsehen erregt und zudem wurden eine Menge neuer Kontakte geknüpft. Der Boss ist bestens gelaunt. Er hat mir den Nachmittag zu meiner freien Verfügung gestellt, während er sich mit einem alten Freund verabredet hat. Um 19:00 Uhr bin ich mit Steve dann zum Diner verabredet und bis dahin habe ich noch fünf Stunden, welche ich dafür nutzen will, mich selbst zu verwöhnen! Als Erstes werde ich eine Shoppingtour machen und um sechzehn Uhr habe ich im hoteleigenen Schönheitssalon eine Massage und danach gleich noch eine Pediküre und einen Friseurtermin gebucht.

Als ich mir die Handtasche umhänge, höre ich darin leise den Klingelton für Nachrichten. Da es Steve sein könnte, krame ich das Handy nochmal raus und schaue kurz, wer geschrieben hat. Die Nachricht kommt aber von Alex. Seit dem kurzen Geplänkel vor dem Abflug hatten wir keinen Kontakt mehr. Aber ich muss ständig an ihn denken. Mit ungewollt klopfendem Herzen beginne ich zu lesen: „Du bist Dauergast in meinem Kopf, Wildkatze! Unser zweiter Kuss hat den ersten sogar noch bei Weitem übertroffen und ich hoffe, ich bin nicht der Einzige, der das so empfindet. Freue mich bereits auf Kuss Nummer drei bis 1.000.000.000.000 … Pass gut auf dich auf, ich brauch dich noch!" Die Nachricht endet mit einem Zwinkersmiley.

Ich staune erneut, wie er so unverfroren mit mir herumflirtet, während er gleichzeitig mit einer anderen Heiratspläne schmiedet! Da ich ihm jedoch (noch) nicht verraten will, dass ich davon weiß, kommt die Antwort, welche mir als Erstes im Kopf rum schwebt, leider nicht infrage. Zudem wäre sie nicht wirklich höflich … Also schreibe ich nach längerem Überlegen und der Umschaltung auf Verstandesmodus stattdessen: „Da alle guten Dinge bekanntlich drei sind, stehen die Chancen dafür grundsätzlich nicht schlecht. Auch wenn mein Denken sich momentan auf ganz andere Prioritäten richtet." Ich schalte das Handy stumm und lege es in die Tasche zurück. Einkaufsmeile, ich komme und ich habe Steve' goldene Kreditkarte im Anschlag! Auf zum Shopping …

Von der Massage höchst entspannt, frisch geduscht und nackt, schlüpfe ich in das kleine Schwarze, welches ich extra für den heutigen Abend eingepackt habe. Es ist eng anliegend, endet knapp über den Knien und betont meine weiblichen Kurven perfekt. Da bereits ein Hauch von Spätsommer in der Luft liegt, habe ich ein Kleid mit Dreiviertel-Ärmeln eingepackt. An den Schultern hat es jeweils einen sexy Ausschnitt, wie es derzeit in Mode ist. Soweit ich weiß, nennt sich das Schulter-Cut-outs in der Fachsprache. Während ich noch den Verschluss einer auffälligen, silbernen und gut dazu passenden Halskette zuschließe, schlüpfe ich bereits in die neuen schwarzen High Heels von Manolo Blahnik. Die habe ich mir, unter anderem, heute beim Shoppen schamlos gegönnt. Ein letzter, prüfender Blick in den Spiegel, ein Hauch Shalimar von Guerlain und ich bin bereit für das Diner und eine heiße Nacht mit meinem Meister.

Der Abend ist amüsant und Steve wie immer ein hervorragender und humorvoller Unterhalter. Der Rotwein mundet vorzüglich und das Rinderfilet an Rotweinsauce mit Pilz-Kartoffel-Lauchgemüse ebenso. Es ist bereits halb zehn Uhr, als wir mit dem Lift rauf zu unseren Zimmern gleiten. Ich bin ein klein wenig beschwipst und gut gelaunt. Mein Blick fällt auf Steve. Er ist mit den Jahren sogar noch attraktiver geworden und der leicht graue Ansatz an seinen Schläfen steht ihm ausgezeichnet. In seinem teuren, maßgeschneiderten und sehr schicken Anzug sieht er wieder mal zum Anbeißen lecker aus. Ich kaue gedankenverloren an meiner Unterlippe, als er meine Gedanken lächelnd unterbricht und fragt: „Na, meine Schöne, zu dir oder zu mir?" Ich lächle kokett zurück und antworte: „Ganz wie der Herr es wünscht." Er zieht mich in seine Arme und küsst mich leidenschaftlich und voller Verlangen. In den zehn Jahren, die wir uns jetzt kennen, hat es sicher Tausende Küsse zwischen uns gegeben. Er ist einer aus der Kategorie „Guter Küsser!" wie Sam auch. Und bis heute habe ich das immer sehr genossen und mir darüber keine weiteren Gedanken gemacht. Aber jetzt, während dieses Kusses, wird mir bewusst, dass es zwar sehr angenehm und stimulierend, jedoch in keiner Weise mit dem Kuss von Alex zu vergleichen ist. Verschwinde sofort aus meinen Gedanken, du elender Störenfried!

Die Türe vom Lift öffnet sich und wir laufen Arm in Arm den Korridor entlang, in welchem sich am Ende unsere nebeneinander liegenden Zimmer befinden. Mit meinen Manolos bin ich schon fast auf Augenhöhe mit Steve, der einen Meter fünfundachtzig misst. Ich nehme mir vor, Alex aus meinen Gedanken zu verbannen und mich jetzt ausschließlich auf Steve zu konzentrieren. Es ist sein Abend und er bezahlt mich außerdem gut dafür.

„Welches Zimmer darf es denn nun sein, mein Herr und Meister?", frage ich zuckersüß lächelnd, als wir in die Sichtweite unserer Zimmertüren gelangen. „Da du hoffentlich alles eingepackt hast, was ich dir aufgetragen habe, nehmen wir dein Zimmer", bestimmt er in seinem, wie für unsere Rollenspiele geschaffenen, strengen Tonfall und dem für ihn berüchtigten strengen Todesblick. Dann lächelt er aber sogleich sanft, als er fortfährt: „Ich bin für diese Woche hochzufrieden mit dir, meine süße, kleine Dienerin. Du hast gestern und heute Morgen vorzügliche Arbeit geleistet. Deine Dienste waren, wie immer, sehr hilfreich. Heute Abend darfst du dich deshalb auf eine besondere Belohnung freuen." Ich lächle zurück und erwidere gespielt demütig: „Es wird mir eine Freude und Ehre sein, diese Belohnung entgegenzunehmen, mein Herr und Meister."

Drei erotisch verspielte Stunden später liegen wir beide hochbefriedigt und ziemlich erschöpft nebeneinander im Bett. Ich beglückwünsche mich innerlich dazu, in dieser Zeit wirklich keinen Gedanken an Alex verschwendet zu haben. Aber ausgerechnet jetzt schleicht er sich wieder in mein Hirn, wie eine hartnäckige Zecke. Wie der Sex mit ihm wohl wäre? Wenn ich bei seinen Küssen bereits so intensiv reagiere, gibt es dann auch beim Sex mir noch unbekanntes Steigerungspotenzial? Bevor ich diesem zugegeben verlockenden Gedanken detaillierter nachgehen kann, sagt Steve in die Stille rein: „Alea, ich wollte vergangenen Dienstag eigentlich bereits was mit dir besprechen, aber dann hat es sich irgendwie nicht ergeben. Ich muss unbedingt noch was Wichtiges mit dir besprechen." Ahnungslos und entspannt sage ich: „Nur zu, ich höre." Gleichzeitig erhebe ich mich etwas träge aus dem Bett, um mir in der Hotelbar zwei Wasserflaschen zu schnappen. Als ich wieder nackt neben ihm im Bett sitze und ihm eine der Flaschen in die Hand drücke, beginnt er: „Meine Frau will die Scheidung!"

„WAS!?" Ich verschlucke mich an meinem ersten Schluck Wasser, während ich das ungläubig rauspruste. „Das gibt's doch nicht?!? Und wieso? Ich dachte, es läuft alles so gut zwischen euch?!" Ich bin ehrlich schockiert, das kommt jetzt völlig aus dem Nichts! Während unseren Dienstagabenden plaudern wir regelmäßig auch immer über Privates. Da hätte ich doch Anzeichen erkennen müssen. „Ich dachte ja auch, dass alles gut läuft", seufzt er. „Und sie sagt, es wäre nicht meine Schuld, obwohl sie bezweifle, dass ich fähig sei, jemand anderen außer mich selbst zu lieben. Sie hätte sich, ohne danach zu suchen, Hals über Kopf in jemand anderen verliebt. Sie behauptet sogar, der Kerl sei ihre große Liebe und sie könne sich nicht gegen ihre Gefühle wehren." Er zieht kritisch die Augenbrauen hoch, runzelt die Stirn und ein abfälliges „Pfff!!" ist zu vernehmen. Dann schaut er mich an. In seinem Blick sehe ich keine echte Trauer oder ein schwer verletztes Herz, eher Ratlosigkeit und sogar ein bisschen Empörung. Und irgendwie verstehe ich die Aussage seiner Frau. Auch ich bin mir nicht sicher, ob Steve jemals wirklich echte, tiefe Liebe zu jemandem verspürt hat. So sachlich, nüchtern und verstandesorientiert, wie er sein Leben lebt. Dass seine Ehe in erster Linie eine Vernunftsehe für ihn war, wusste ich, aber zumindest seine Frau hatte ihn wirklich geliebt. Das habe ich immer deutlich gespürt.

„Alea, ich weiß, du siehst das Thema Liebe ähnlich kritisch und nüchtern wie ich und ich kann nicht behaupten, dass es mir wirklich das Herz bricht, das gebe ich zu. Es war damals, in meinen Augen, eine vernünftige Entscheidung, Sophia zu heiraten. Ich habe sie wirklich gern und sie war immer eine gute Ehefrau und sehr liebevolle Mutter für unsere Kinder, genau wie ich gehofft hatte. Ich dachte, das Ganze reicht ihr, um glücklich zu sein. Ich war es ja schließlich auch", erklärt er mit simpler Männerlogik.

„Das tut mir wirklich leid für dich, für euch und vor allem für Mike und Selina. Wissen es die beiden Knirpse denn schon? Und wie soll es denn Sophias Meinung nach jetzt weitergehen, weiß sie das?", frage ich mitfühlend nach. „Sie will so schnell wie möglich zu ihrem Liebhaber ziehen. Die Kinder, die noch nichts wissen, wohl aber schon was vermuten, will sie selbstverständlich mitnehmen. Sie hat mir versprochen, dass sie gewillt ist, alles friedlich und fair zu regeln und dass sie den Kindern zuliebe möchte, dass wir uns wie Erwachsene benehmen, um es in ihren Worten zu sagen", erwidert er und blickt nachdenklich vor sich hin. Boah, das sind ja Neuigkeiten! Ich kann es kaum fassen. Wieder mal eine scheinbar perfekte Beziehung, die es in Wahrheit nicht oder jedenfalls nicht mehr ist.

In meine Gedanken hinein erklingt Steves Stimme erneut: „Ich überlege mir, um das Sorgerecht für meine Kinder zu kämpfen, Alea. Ich habe mir in den letzten Wochen sehr viele Gedanken über meinen Neuanfang gemacht." Und nach einer kurzen Pause fährt er fort: „Aber das ist nur ein Teil dessen, was ich mit dir besprechen wollte. Weißt du, das Ganze hat mich sehr zum Nachdenken gebracht. Ich habe eingesehen, dass der Trennungswunsch von Sophie eigentlich nur mein Ego angekratzt und verletzt hat. Und ich musste zudem feststellen, dass mein ganzes Leben bisher zum größten Teil eine glänzende, gut funktionierende Fassade war und ist. Ich habe mich zum ersten Mal in meinem Leben bewusst gefragt, was denn mein eigenes Herz eigentlich braucht und will. Gibt es da etwas oder jemanden, dessen Verlust mich überhaupt wirklich schmerzen würde? Und die Antwort darauf ist ja! Es gibt wirklich jemanden, auf den das zutrifft. Nämlich dich, Alea!"

Ich schnappe nach Luft und huste, weil ich mich vor lauter Schreck während dem Wasser trinken erneut verschluckt habe. „Wie meinst du das denn genau?", krächze ich mühsam hervor und bemühe mich, wieder einen freien Hals zu kriegen. War das der Monat der einsichtigen, gefühlsvollen Männer und ich hatte nichts davon gewusst?! Entging mir gerade was …

„Ich kenne dich jetzt über zehn Jahre, Alea. Wir haben uns immer bestens verstanden. Bei keiner anderen Frau habe ich mich je so frei gefühlt. Mit dir zusammen war nie eine Maske nötig und ich schätze diese unkomplizierte Offenheit zwischen uns so sehr. Ich habe mich bei keinem anderen Menschen je so wohlgefühlt wie mit dir. Nicht mal bei meinen eigenen Kindern! Ich kann mir ein Leben ohne dich nicht mehr vorstellen!" Träume ich? Ich fühle mich, als ob ich im falschen Film bin! Ich gucke verdutzt und noch bevor ich dazu was sagen kann, redet er weiter: „Ich weiß, für dich kommt das alles jetzt sehr überraschend und du musst mir heute auch noch keine Antwort geben. Aber ich möchte, dass du dir darüber Gedanken machst, ob du dir vorstellen kannst, künftig mehr Zeit mit mir zu verbringen. Und ob du es vielleicht sogar in Betracht ziehen könntest, in absehbarer Zeit zu mir zu ziehen, um mit mir zusammen zu leben."

Ich weiß im Moment nicht, ob ich lachen oder weinen soll, jedenfalls ist meine Verwirrung komplett. Steve, der Stratege, will er mich als Lebenspartnerin an seiner Seite, weil er sich dadurch bessere Karten im Sorgerechtsprozess erhofft, oder ist da wirklich mehr dahinter? „Du überrumpelst mich völlig. Ich weiß nicht, was ich von dem Ganzen halten soll. Darf ich dich bitten, mich jetzt erst mal allein zu lassen, damit ich in Ruhe nachdenken kann." Er steht auf, zieht sich lässig und träge den weißen Hotelbademantel, der am Stuhl hängt, an und dann verabschiedet er sich mit einem sanften Kuss auf meine Stirn und den Worten: „Sicher, Liebes. Tut mir leid, dass ich dich damit so überrumpelt habe. Das war nicht sehr sensibel. Wir sehen uns dann um 09:00 Uhr am Frühstückstisch, in Ordnung!?" Ich lächle ihm erleichtert und immer noch total verwirrt zu, sage: „Ja klar, danke für dein Verständnis. Schlaf gut, bis später dann." Er lächelt mich noch einmal liebevoll an und verlässt dann mein Zimmer. Hat er sich wirklich vorhin dafür entschuldigt, unsensibel gewesen zu sein? Das war echt nicht mehr der Steve, den ich zu kennen glaubte.

Nach einem friedlichen, aber eher gesprächsarmen Frühstück und einem ebensolchen Rückflug habe ich mich im Parkhaus eher verlegen, statt innig wie sonst von Steve verabschiedet und fahre jetzt auf einer angenehm freien Autobahn stadtauswärts Richtung Land und zu Hause. Ich habe Steve versprochen, mir bis zu unserem nächsten Treffen Gedanken darüber zu machen, wie ich den Fortgang unserer Beziehung sehe. Am liebsten wäre es mir, wenn alles beim Alten bleiben könnte. Verdammt, ich bin doch so glücklich mit meinem Leben, wieso musste Steve jetzt plötzlich zum rosenblätterstreuenden Romantiker mutieren. Ich habe nicht wirklich das Bedürfnis, ihn öfters zu sehen als bisher. Für mich ist alles perfekt, so wie es zwischen uns läuft. Die Vorstellung, ihn gar nicht mehr zu sehen, tut ein kleines bisschen weh, aber ist weit weniger erschreckend als die, künftig mit ihm zusammenzuleben. Was ist bloß in ihn gefahren? Steckt er in einer Art Midlife-Crisis? Ich schalte das Radio an, um mich abzulenken. Und kaum lasse ich die Gedanken an Steve los, ist Alex wieder da. Ich dreh noch durch, wieso muss ich bloß ständig an diesen Kerl denken?

5. KAPITEL

Von Träumen, Visionen und anderen Seelengeschichten

Zu Hause angekommen, packe ich als Erstes den Koffer aus und lasse in der Waschküche gleich eine Trommel Schmutzwäsche durchlaufen. Ich ziehe was Bequemes an und mache es mir mit einer Tasse Tee auf der Veranda gemütlich. Dann fällt mir ein, dass ich noch einen Termin mit Nick, meinem Anlageberater, vereinbaren muss und rufe ihn an. Wir verabreden uns für Freitag, 17:00 Uhr in seinem Büro. Dann schreibe ich endlich Sabrina zurück. Entschuldige mich, dass ich mich so lange nicht gemeldet habe und erkundige mich, wie es ihr und ihrem Lazarett inzwischen so geht.

Später jogge ich meine übliche Runde durch den Wald und gönne mir anschließend eine Verschnaufpause auf meiner Lieblingsbank, welche unter einer mächtigen Trauerweide steht. Es ist so ruhig und friedlich hier und jetzt, da Thor mal nicht dabei ist, setzt sich der Rest der Tierwelt gekonnt in Szene. Ich beobachte still den kleinen, romantischen Teich und seine vielfältigen Bewohner. Die großen, noch voll in Blüte stehenden Seerosen sind eine Augenweide. Und das leicht knisternde Geräusch von Dutzenden Libellen erzeugt zusammen mit dem Quaken der Frösche ein fantastisches Konzert. Auf der Oberfläche des Teichs tänzeln die Wasserläufer. Sie sehen aus wie kleine Eiskunstläufer, welche schlittschuhlaufend ihre Pirouetten drehen und dabei kunstvolle Sprünge machen. Ich gerate in einen vollkommen friedlichen, meditativ entspannten Zustand und die Szenerie vor mir beginnt sich langsam und nebelartig zu verändern ...

Ich sehe einen Mann und eine Frau eng umschlungen an einem Seeufer sitzend. Die Sonne geht unter, das sanfte Abendlicht umhüllt die beiden. Während ich sie von Weitem beobachte, wird mir plötzlich klar, dass ich selbst diese Frau bin oder war. Die beiden sind in ein aufgeregtes Gespräch vertieft, sie schluchzt und weint. Ich verstehe nicht, was sie sagen, dennoch fühle ich eine große Trauer in ihr oder besser gesagt in mir ... denn übergangslos bin ich nun in ihre Perspektive beziehungsweise ihren Körper geschlüpft und schaue mir den Mann vor mir genauer an. Er ist unglaublich attraktiv, aber sein Blick ist im Moment aufs Äußerste besorgt und sehr ernst, als er nun sagt: „Ich lasse dich auch nicht gerne alleine, das weißt du. Vor allem nicht in diesen unsicheren Zeiten und dann noch in deinem Zustand!" Ich schaue an mir runter und entdecke einen nicht unbeachtlichen Baby-Bauch und automatisch lege ich meine Hand schützend darüber. „Ich tue es ja auch nicht freiwillig, mein Liebling. Aber du hast es selbst gehört, alle kampffähigen Männer müssen, unter Todesandrohung bei Nichtbeachten, morgen früh losziehen! Ich werde für die Freiheit unseres Volkes kämpfen und dann komme ich zurück zu dir. Zu euch! Versprochen." Und er legt ebenfalls sanft seine Hand auf meinen gewölbten Bauch, auf den meine Tränen leise tropfen. Ich schaue ihn leise schluchzend an, seine Augen sind erneut dieselben! Er ist es schon wieder! Dann werfe ich mich ihm an den Hals und küsse ihn inbrünstig in der sicheren inneren Gewissheit, dass es in diesem einen Leben unser letzter Kuss sein wird und dass er nicht mehr zu mir zurückkehren wird ... Es zerreisst mir beinahe das Herz und mir strömen die Tränen ungehemmt über die Wangen, als sich die neblige Szenerie langsam wieder aufzulösen beginnt ...

Erst die Träume und jetzt dieses Erlebnis. Was geht da eigentlich vor? Sind das Rückblicke in andere, vergangene Leben? Leben, welche Alex und ich gemeinsam verbracht haben? Denn ich bin mir absolut sicher, dass auch dieser Mann vorhin erneut Alex gewesen war! Was wollten mir diese Erinnerungen sagen? Dass es uns vorbestimmt ist, immer wieder zusammenzukommen?

Später, nachdem ich mir gerade eine große Schüssel Salat zum Abendessen einverleibt habe, klingelt mein Handy. Es ist Alex und ich zögere kurz, bevor ich den Anruf natürlich dann doch entgegennehme. Die weibliche Neugier und diese Vision vorhin siegen über die Vernunft. Er erkundigt sich nach der Reise und meinem Wohlbefinden. Wir plaudern ein bisschen über Unverfängliches und er fragt erneut, ob ich Freitagabend mit ihm essen gehe. Ich rede mich damit heraus, dass ich noch nicht wüsste, wie lange mein Termin dauert und dass es auch möglich sei, dass ich mit Nick, meinem Berater, anschließend was essen gehen werde. Nach einigem Hin und Her lasse ich mich aber dann schlussendlich darauf ein, ihn Samstagmittag in Lisas Haus zu treffen, wo er gewisse Sachen zu erledigen hat und mir etwas zeigen will, wie er sagt. Plötzlich fragt er: „Träumst du eigentlich auch so oft von mir, so wie ich von dir?"

Verflixt, muss er mich ausgerechnet jetzt danach fragen? Diese beiden intensiven Träume in den letzten Tagen und dann heute die Szene am Teich. Eigentlich will ich mich nicht mit ihm darüber unterhalten. Wer weiß, was er da alles rein interpretiert! Aber Lügen widerstrebt mir ebenso, also sage ich diplomatisch: „Träume sind was Schönes, leider erinnere ich mich aber selten daran, was ich so alles zusammenträume. Ist vielleicht eh besser." Da wir am Telefon sind, kann ich dazu die Finger ganz unverhüllt und schamlos kreuzen und ich hoffe, er hakt nicht weiter nach. Das tut er tatsächlich nicht, stattdessen fragt er: „Glaubst du daran, dass manche Menschen vom Schicksal füreinander bestimmt sind, Alea?" Da ich wirklich daran glaube, dass unser Dasein einer Art Vorbestimmung, einem Seelenplan, folgt, antworte ich: „Ich würde es jedenfalls nicht ausschließen oder für unmöglich halten." Um unser Gespräch zu unterbrechen, bevor es irgendwie zu brenzlig wird, flunkere ich: „Ich kriege gleich noch Besuch und will vorher unbedingt noch die Küche aufräumen, muss jetzt mal Schluss machen. Also bis Samstag dann!" Nachdem er mir einen schönen Abend und viel Spaß mit meinem Besuch gewünscht hat, verabschiede ich mich erleichtert und wieder einmal mehr auch mit wild pochendem Herzen und einem Kopf voller Fragen.

In mir tobt ein innerer Kampf. Die leise Stimme des Herzens, welche mir rät, meine Mauern des Misstrauens abzubauen und diese Gefühle für ihn zuzulassen, gegen die laute Stimme der Vernunft, welche behauptet, dass die Sache mit Alex nur Ärger und Aufruhr bringen wird.

Der Donnerstag verläuft zunächst ruhig und ereignislos. Ich habe mich ins Atelier zurückgezogen, um meiner Putzfee Carmen freie Bahn zu gewähren. Sie kommt jeden Donnerstag Punkt acht Uhr und bringt das ganze Haus bis Mittag auf Hochglanz. Ich schätze ihre Arbeit sehr, denn Putzen gehört nicht unbedingt zu meinen Lieblingsbeschäftigungen. Sobald sie mit der Arbeit fertig ist, bereitet sie uns jeweils eine Tasse Tee zu und dann setzen wir uns gemütlich zusammen hin, um uns noch ein Weilchen zu unterhalten. Sie hat bereits damals, als junge Frau, für meine Eltern gearbeitet. In dieser Zeit war sie fast täglich hier und ihr Aufgabengebiet war bei Weitem umfangreicher. Wir kennen uns also schon mein ganzes Leben lang. Deshalb ist sie auch eher eine Mutterfigur und Vertraute als eine Angestellte. Und sie kennt natürlich meine wahre Geschichte und mein Doppelleben. Vor ihr etwas geheimzuhalten, war schon immer eher schwierig gewesen. Sie ist eine weise Frau.

Da es ein sonniger Tag ist, hat Carmen auf der Veranda den kleinen Holztisch gedeckt. Sie erkundigt sich, wo Thor ist. Ich erzähle ihr, dass Sam ihn noch bei sich hat, da ich erst gestern heimgekommen bin und dass er ihn heute Abend wieder vorbeibringt. Sie will wissen, wo ich war, und ich erzähle ihr ein bisschen von der Reise, dem positiven Geschäftsabschluss und meiner Shoppingtour. Aber noch nichts von Steves Sinneswandlung, weil ich das irgendwie selbst noch verdränge und nicht darüber nachdenken will. Deshalb erkundige ich mich nach ihren zwei inzwischen erwachsenen Kindern, Ramon und Maria, welche beide erst vor Kurzem zu Hause ausgezogen sind. Nachdem wir die Alltagsthemen durchhaben, frage ich sie unvermittelt und spontan, ob sie an Seelenverwandtschaften glaubt.

Sie schaut mich erst mal schweigend, neugierig und ein bisschen nachdenklich an, dann sagt sie geheimnisvoll lächelnd: „Das ist ein sehr komplexes Thema, Schätzchen, und ich persönlich denke, dass sowieso alle Menschen im weitesten Sinne Seelenverwandte sind. Es ist also durchaus möglich oder gar logisch, dass zwischen manchen die Verbindung stärker ist. Im Großen wie im Kleinen, denk daran. So wie Menschenfamilien gibt es auch Seelenfamilien. Und es gibt da auch verschiedene Theorien zu Zwillings- und Dualseelen, welche die wohl intensivste Form der Seelenverwandtschaften darstellen und auch zu karmischen Seelenpartnern, welche ebenfalls sehr intensiv sein können. Hast du davon schon mal was gehört?" Ich muss zugeben, dass dem nicht so ist, und frage neugierig nach, was es denn damit genau auf sich hat.

„Das Ganze ist wirklich sehr umfangreich, Liebes! Du solltest dich vielleicht selbst erst mal damit auseinandersetzen und ein bisschen Nachforschung dazu betreiben." Sie zwinkert mir lächelnd zu. „Gibt es denn da jemanden, von dem du glaubst, dass es ein Seelenverwandter ist?", fragt sie nach. Da ich ihr absolut vertraue, sage ich: „Ja, den gibt es tatsächlich, und du kennst ihn sogar persönlich!" Dann erzähle ich ihr, dass es um Alex geht. Erkläre, was alles passiert ist, seit er letztes Wochenende aufgetaucht ist. Berichte ihr von früher, dem Kuss bzw. den beiden Küssen inzwischen und von meinen verwirrenden Träumen. Erwähne seine Gefühlsoffenbarung und schildere ihr sogar die Vision, welche ich am Teich hatte. Sie hört schweigend und zunehmend interessiert zu. Den Teil mit der ominösen, zukünftigen Ehefrau lasse ich weg, da ich Sabrina nicht kompromittieren will. Schließlich sagt sie. „Ich empfehle dir, jetzt, da ich das alles weiß, umso mehr, dieses Thema mal genauer zu studieren, Alea. Es gibt inzwischen auch sehr viele und hilfreiche Bücher darüber. Ich kann dir gerne mal eine Liste zusammenstellen.

Aber so viel will ich dir im Vorfeld dazu sagen: Ich werde es so einfach wie möglich zu erklären versuchen. Es gibt die Theorie, für mich persönlich ist es die Wahrheit, welche ich anerkenne, aber nennen wir es vorsichtshalber eine Theorie. Also, es gibt die Theorie, dass Gott eine Art große Sonne ist, das Licht, welches im Anfang war. Und wir Menschen beziehungsweise unsere Seelen sind alles kleine Sonnen, welche direkt dieser großen Ur-Sonne entspringen. Und jede dieser kleinen Sonnen teilt sich ebenfalls in weitere, noch kleinere Sonnen. Dort entsteht der Ursprung der Seelenverwandtschaften und somit auch der Zwillings- und Dualseelen. Auch darüber gibt es wieder verschiedene Meinungen, ob ein und dasselbe damit gemeint ist oder es sich um zweierlei Beziehungsgrade handelt. Ich persönlich denke, es gibt beides, aber es sind sehr ähnliche Lernaufgaben, welche diesen speziellen Seelenbegegnungen innewohnen. Kannst du mir so weit folgen?"

Ich bin fasziniert von ihrer einfach verständlichen Darstellung und dem Thema an sich. Die Wahrnehmung, dass ich eine Seele bin, die einen menschlichen Körper hat und nicht umgekehrt, habe ich schon früh anerkannt. Dass unsere Seelen aber in direkter Linie, wie bei einem Perlenkettenstrang, zusammenhängen, ist ein völlig neuer Gedanke. Ich muss unbedingt mehr darüber erfahren und sage: „Ja, ich verstehe, wie du das meinst. Das ist faszinierend und ich will unbedingt mehr darüber erfahren. Ich würde mich sehr freuen, wenn du mir eine Leseliste zusammenstellen könntest." Sie umarmt mich sehr herzlich, drückt mir einen Kuss auf die Stirn und sagt: „Das werde ich tun, meine Süße, und ich bringe dir nächsten Donnerstag bereits ein paar Bücher zu diesem Thema mit, welche in meinem Schrank stehen. Aber jetzt muss ich unbedingt los, ich habe in einer Viertelstunde meinen Termin bei der Friseuse."

Nachdem wir uns verabschiedet haben, danke ich ihr innerlich für das Stichwort Friseuse und rufe bei meiner ebenfalls an und nach dem Gespräch habe ich Samstag um zehn Uhr einen Termin. Das wollte ich Anfang der Woche eigentlich bereits erledigen. Ist mir wegen der Kurzreise und der Sache mit dem Störenfried entfallen. Ich hatte vor dem Gespräch mit Carmen eigentlich geplant, mich später wieder ins Atelier zu meinem neu angefangenen Werk zurückzubegeben. Stattdessen schnappe ich mir jetzt meinen Laptop und setze mich damit in die Hängeschaukel, welche im Obstgarten am mächtigen, alten Apfelbaum hängt. Im Schneidersitz mit dem Laptop im Schoß tippe ich den Suchbegriff Dualseele bei Google ein. Je tiefer ich mich einlese, desto faszinierter bin ich. Obwohl ich die Seiten gezielt selektiere, reißt die Flut an weiteren interessanten Informationen nicht ab. Wirklich ein äußerst beeindruckendes Thema. Aber die vielen Hinweise auf die damit verbundenen seelischen Aufgaben, welche solche Beziehungen scheinbar in sich bergen, erschrecken mich auch ein wenig. Verstandesmäßig deutet erneut wieder alles auf Chaos und Kompliziertheit hin, falls da zwischen Alex und mir tatsächlich eine solche Verbindung existiert. Und das sind zwei Gesellen, welche ich nicht wirklich als Begleiter schätze.

Ich schaue zum ersten Mal seit Beginn der Recherchen auf die Uhr und ein Schreck durchfährt mich. 17:20 Uhr! Um 18:00 Uhr beginnt jeweils Sams Abend, soweit nichts anderes vereinbart, und ich bin noch nicht mal geduscht! Haare muss ich auch noch waschen. Vor mich hin grummelnd, flitze ich ins Haus und geradewegs unter die Dusche …

Eine gute halbe Stunde später, die Haare sind geföhnt, ich bin geschminkt und soeben dabei, mir die enge Jeans hochzuziehen, zu welcher ich eine leichte Sommerbluse in Korallenrot ausgewählt habe. Es klingelt, was aber nur symbolischen Wert hat, denn gleich darauf kommen beide auch bereits zur Haustür hereingestürmt. Sam: „Hallo Süße, wir sind da!" rufend, während Thor freudig jaulend und seinem Namen alle Ehren machend die Treppe ins Ankleidezimmer hochgeflitzt kommt.

6. KAPITEL

Der siebte Himmel kann auch zugleich die Hölle sein

Was um Himmels willen hat Sam denn für heute bloß geplant? Es ist nichts Neues für mich, dass er mit mir irgendwohin fährt und ich keine Ahnung habe, wo wir schlussendlich landen werden. Oft vermute ich jedoch während der Fahrt schon etwas oder habe es aus ihm rausgekitzelt, bis wir da sind. Heute geht's scheinbar zum Flughafen, aber mehr ist beim besten und geschicktesten Willen nicht aus ihm rauszukriegen. Will der Draufgänger in ihm Sex über den Wolken, oder wie? Jedenfalls ist er äußerst gut gelaunt und sprüht vor Vorfreude, was mich noch neugieriger werden lässt. Wir albern rum und ich versuche mit diversen Mitteln, mehr herauszufinden, aber er bleibt weiter hartnäckig geheimnisvoll und verrät mir kein Wort mehr darüber.

„EIN TANDEM-FALLSCHIRMSPRUNG? Du erwartest tatsächlich, dass ich mit dir zusammen in 4.000 Metern Höhe aus einem Flugzeug springe?" Ich bin mäßig begeistert, eher schockiert und eindeutig in einem Dilemma! Sam weiß doch, dass ich auf solche Adrenalinkicks nicht sonderlich stehe … Mein Gott, was hat er sich denn dabei gedacht. Mir wird schon leicht übel, wenn ich bloß daran denke. „Ach komm, Süße, sei kein Feigling! Ich bin überzeugt, dass es dir gefallen wird. Das macht Spaß, du wirst sehen!", lockt er in bittendem Tonfall und seinem verführerischen Lächeln, dem ich schon immer schwer widerstehen konnte.

Ich schwanke … zugegeben, das Gefühl, frei in der Luft zu segeln wie ein Vogel, hat sehr wohl seinen Reiz auf mich. Aber der Gedanke, freiwillig aus einem Flugzeug ins Nichts zu springen, bewirkt akutes Herzrasen und Panik! Zudem kenne ich den inneren Angsthasen in mir. „Ich weiß nicht Sam, ehrlich gesagt ist mir nicht ganz wohl dabei. Vielleicht bin ich einfach die Falsche für solche Späße?", wende ich in absichtlich eher jammerndem Tonfall ein. Aber sowohl das Gesagte wie auch mein flehender, um Erlösung bittender Blick werden von ihm einfach ignoriert. Stattdessen greift er ins Innenfutter seiner leichten, schwarzen Lederjacke und holt einen kleinen Flachmann hervor. „Dachte mir schon, dass ich dich eventuell noch auflockern muss", schmunzelt er, während er den Verschluss aufschraubt. Er hält mir den Flachmann hin und sagt: „Hier, nimm einen kräftigen Schluck und dann gib dir einen Ruck, du Weichei. Du wirst es ganz sicher nicht bereuen, ich verspreche es dir!"

Der Kerl kennt mich einfach zu gut inzwischen, seufze ich innerlich. Er weiß, dass ich den Ausdruck Weichei hasse und was den alkoholischen Teil betrifft, sage ich jetzt mal nix dazu ... Meine Hand bewegt sich wie von selbst auf den Flachmann zu, ich tue wie geheißen und der Cognac wärmt meinen Magen und verleiht mir ein Quäntchen Mut. Kurz darauf denke ich mir tatsächlich: Ach, was soll's, Sam hat recht. Das wird sicher ein einmaliges Erlebnis. Außerdem ist er der perfekte Tandemmaster, schließlich hat er bereits etliche Hunderte Sprünge hinter sich und weiß, wovon er redet. Zudem will ich ihm seine Überraschung nicht vermiesen und außerdem lenkt mich diese Action davon ab, ständig mit den Gedanken zu Alex abzuschweifen. Also sage ich einlenkend: „Ok, wenn du den Flachmann mit hochnimmst und mir vor dem Absprung noch einen weiteren Schluck abgibst, ist die Sache gebongt." Er lacht mich strahlend an, packt mich und schwingt mich im Kreis rum. Er freut sich wie ein kleines Kind ... Irgendwie ist er ja wirklich echt süß.

Während wir unsere Sprungkombis anziehen, erklärt Sam mir den genauen Ablauf und worauf ich später zu achten habe. Als wir fertig angezogen voreinander stehen, nimmt er mich liebevoll in den Arm und küsst mich zärtlich. Danach schaut er mich ungewöhnlich ernsthaft an und sagt: „Danke, dass du mitkommst,

Alea. Es bedeutet mir wirklich sehr viel und es wird garantiert unvergesslich. Ich wollte das schon lange mal mit dir zusammen machen, aber heute ist, glaub ich, der perfekte Zeitpunkt!" Bevor ich nachfragen kann, wieso es denn heute so perfekt sei, kommt aus dem Lautsprecher an der Wand hinter uns der Aufruf, dass wir uns zum Flugfeld begeben sollen …

Der Steigflug in die Absetzhöhe dauert rund 15 Minuten. Allein die Aussicht dabei ist schon atemberaubend schön, was mich ein wenig von meiner Nervosität ablenkt. Sam und ich sind inzwischen mehrfach gesichert miteinander verbunden, als eine sympathische Männerstimme aus dem Cockpit ertönt: „Noch zwei Minuten!" Ich bekomme Herzrasen und meinen zweiten Schluck Cognac von Sam, dann ziehen wir uns Kappen, Sprungbrillen und Handschuhe an. Als wir hören, wie der Pilot den Schub zurücknimmt, robben wir zur inzwischen offenen Tür rüber und schon erklingt ein grinsendes: „Exit! Viel Spaß ihr beiden!" Ich stelle meine Füsse auf das Trittbrett, nehme die Arme vor die Brust und atme, wie Sam mir zuvor empfohlen hat, nochmal tief durch und dann kreische ich beim Absprung wie eine Fünfjährige beim Anblick einer großen, fetten Spinne …

In rund zehn Sekunden beschleunigen sich unsere Körper auf 200 km/h, dennoch fühlt es sich mehr nach Fliegen als nach Fallen an und es ist einfach nur atemberaubend schön. Die Gefühle, welche dabei ausgelöst werden, sind einfach unbeschreiblich. Ich strahle glückselig lächelnd vor mich hin und genieße den rund 50 Sekunden dauernden freien Fall in vollen Zügen. Als Sam danach den Fallschirm aktiviert, beginnt der rasend schnelle Flug in eine ruhige, fast schwerelose Schirmfahrt überzugehen. Sie wird ungefähr weitere sieben Minuten im siebten Himmel schwebend dauern. Das hatte er mir beim Ankleiden erklärt. Ich grinse noch immer sprachlos und total überwältigt vor mich hin, als Sam von hinten nach meiner Hand fasst und zum Reden ansetzt: „Alea, du weißt gar nicht, wie sehr ich es liebe, dich so strahlend und glücklich zu sehen, und ich würde nichts lieber, als dich für den

Rest meines Lebens zur glücklichsten Frau zu machen! Ich weiß, wir wollten nie von Liebe sprechen, aber ich kann es nicht länger verleugnen, dass ich genau das tue! ICH LIEBE DICH! Bitte heirate mich und mach mich damit zum glücklichsten Mann auf der Erde und im Universum!"

Mein glückliches Grinsen weicht erst der Überraschung und endet dann in einem geschockten, fassungslosen Blick. Gut, kann er das nicht sehen, da er sich ja hinter mir befindet. Mir sinkt das Herz in die Hose! Hab ich richtig gehört?! War das gerade ein Heiratsantrag! Was zum Henker war denn plötzlich mit den Männern nur los?!! Erst hat Alex sein Herz offen vor mir ausgebreitet, auch wenn ich dem Braten noch immer nicht ganz traue. Dann Steve und sein vorgeschlagenes Arrangement und auch er war gefühlsoffen wie nie zuvor gewesen. Und nun schießt Sam den Vogel ab! Ein Heiratsantrag und ich kann mich nicht mal aus dem Staub machen, mitten in der Luft, gefangen und ohne Möglichkeit zur Flucht! Das hat er echt clever eingefädelt, der dämliche, romantische, liebe Mistkerl. Mein Hirn rotiert, mein Inneres ist aufgewühlt und ich befürchte, das werden die längsten und peinlichsten fünf Minuten meines Lebens ...

„Bitte Süße, sag endlich was ... Egal was, aber rede mit mir", bittet Sam schon ein bisschen verzweifelt und versucht, mit einigen Verrenkungen einen Blick auf mein Gesicht zu erhaschen, was ihm jedoch nicht gelingt. Es bricht mir fast das Herz, es tut mir so leid. Er hätte es mehr als verdient, auf diese eine Frage, die er noch nie zuvor einer Frau gestellt hat, ein spontanes, freudiges und ehrliches „Ja" als Antwort zugejubelt zu bekommen, aber nicht von mir! Ich kann nicht! Irgendwann antworte ich so sanft es mir in meiner Verwirrung möglich ist und ungewollt ein bisschen trotzig: „Ich will aber nicht heiraten, Sam, das weißt du doch ganz genau! Weshalb bringst du uns in diese Lage? Wieso machst du es jetzt kompliziert? Es war doch alles perfekt bisher, wie es war, oder nicht?" Und dann rollt mir unkontrolliert eine erste Träne die Wange runter. Sam spürt das wohl irgendwie, er umarmt mich von hinten tröstend und flüstert: „Lass dir Zeit, Kleines. Du musst mir nicht heute eine Antwort darauf geben, ich wollte dich nicht erschrecken. Und du weißt, ich würde dich durch eine offizielle Verbindung wie die Ehe nicht in deinen persönlichen Freiheiten begrenzen! Genauso wenig wie du es bei mir tun würdest. Wir haben, was dieses Thema betrifft, doch dieselben Ansichten und harmonieren bestens. Überleg es dir ganz in Ruhe und dann reden wir nochmal darüber. O.K.?" „O.K.!", hauche ich verweint, ich muss mich erst mal beruhigen ...

Es ist kurz nach 21:00 Uhr, als Sam mich vor meinem Haus aussteigen lässt. Das geplante Abendessen und das anschließende körperliche Vergnügen haben wir heute ausfallen lassen. Mir ist eher nach Alleinsein zumute und Sam hat es begriffen und akzeptiert, dass ich für heute nicht mehr darüber debattieren will und kann. Die Rückfahrt war entsprechend wortkarg und ruhig. Wir haben uns mit einem langen Kuss, der für mich einen Hauch Lebewohl beinhaltet hat, verabschiedet. Ich habe ihm versprochen, mich zu melden, sobald ich zu einer definitiven Entscheidung gelangt bin. Der spektakuläre und wunderschöne Verlobungsring, welchen er nach unserer Landung in einem Feld nahe dem Flughafen kurz hervorgeholt und mir gezeigt hat, ist wieder sicher in der Samtschatulle verpackt. Sam hat ihn wort-, aber nicht hoffnungslos und mit einem angedeuteten Lächeln ins Handschuhfach gelegt, als wir in den Wagen stiegen.

Während Thor und ich zusammen in Richtung Wald laufen, schütte ich diesem, einmal mehr, mein Herz aus. Einen besseren Zuhörer kann man sich nicht wünschen. Es scheint, als ob mein bisheriges Leben gerade in sich zusammenbricht. Nach diesen Offenbarungen von Steve und Sam können wir nicht mehr so weitermachen wie bis anhin. Egal wie ich mich entscheide, so wie es war, wird und kann es künftig nicht mehr weitergehen. Beim Namen Sam schaut er mich jedes Mal kurz an, während Steves Name hingegen keine Reaktion bei ihm auslöst. Einen wirklich brauchbaren Ratschlag kriege ich von ihm zwar nicht, dennoch hilft mir die Zeit in der Friedlichkeit der Natur, meinen inneren Frieden wieder annähernd zu finden. Sicher liebe ich Sam auf meine lockere Art und Weise, Steve irgendwie ja auch ... Aber das ist eine rein freundschaftliche, freie Liebe ohne Bedingungen und Erwartungen. Jedenfalls ist es bisher so gewesen.

Und nun wollen beide plötzlich künftig eine neue Form der Beziehung mit mir leben, welche zwangsweise das Verhältnis zum jeweils anderen garantiert verändern oder beeinträchtigen würde. Komplikationen sind jedenfalls absehbar und zu erwarten. Und der Störenfried ist ja ebenfalls noch ein offenes Thema. Auch wenn sich dieses wohl bald schließen wird, sobald ich den wunden Punkt mit seiner zukünftigen Frau anspreche. Denn auf ein weiteres Arrangement wie mit Steve, wo eine Ehefrau im Hintergrund eine Rolle spielt, werde ich mich bei Alex nicht einlassen. Irgendwie ist aus dem Nichts und völlig unerwartet das absolute Chaos über mir eingebrochen und das alles innert nur einer Woche!

Ich gedenke, auch diese Situation zu meistern, wie ich bis anhin noch alles gemeistert habe, was mir mein Leben beschert. Ein alter, weiser Spruch, den mein Vater mir immer mal wieder vorgesagt hat, lautet: Du kriegst vom Universum nicht mehr aufgebürdet, als dass du zu tragen vermagst. Ich weiß noch nicht, wie und es wird auch nicht mehr heute geschehen, aber ich schaffe das! Für heute jedoch ist definitiv genug! Wieder zu Hause esse ich noch eine Kleinigkeit und lasse mich danach müde und überwältigt ins Bett sinken. Noch ehe ich mir suggerieren kann, dass ich bitte keine Träume haben möchte, bin ich erstaunlicherweise bereits eingeschlafen und sanft im Traumreich angekommen.

Die Schmerzschreie der im Bett liegenden und in Geburtskrämpfen zuckenden Frau sind ohrenbetäubend! Einfach furchtbar und sie lösen in mir tiefes Mitgefühl, Wut, Trauer und große Verzweiflung aus. Eine Hebamme versucht verzweifelt, die Blutung zwischen ihren gespreizten Beinen zu stoppen, während sie einer weiteren Frau hastig Anweisungen erteilt. Eine andere kommt mit einem Stapel Tücher und einem Topf dampfend heißem Wasser gerade zum Bett geeilt und schaut uns vorwurfsvoll an. Noch stehe ich an der offenen Türe, aber ich will ebenfalls zu dem Bett hin, um meiner Frau beizustehen! Deshalb bin ich überhaupt erst in das Schlafzimmer gestürmt. Obwohl es den Männern strengstens untersagt ist, während einer Geburt anwesend zu sein. Ich fühle, wie zwei meiner Freunde mich festhalten und zurückzerren, damit ich meinen Plan nicht in die Tat umsetzen kann. Sie reden beruhigend auf mich ein, ich solle die Frauen ihre Arbeit machen lassen, ich könne nicht helfen und nichts tun, außer im Weg zu stehen.

Aber sie verstehen nicht, dass es um mehr geht als bei einer üblichen Geburt, welche nicht ganz planmäßig verläuft und nun schon über 20 Stunden dauert. Ich ahne und fühle, dass meine geliebte Frau es nicht schaffen wird. Diesmal nicht! Bei unserem ersten Kind war es schon sehr schwierig für sie gewesen, das Kind starb kurz nach der Geburt, sie selbst überlebte knapp und der Arzt hatte ihr dringend davon abgeraten, erneut schwanger zu werden. Es war ja von uns auch nicht geplant gewesen, aber Verhütung ist kein wirkliches Thema in dieser Zeit, in der ich mich gerade befinde. Ich realisiere fließend, dass ich mich in einer Art luzidem Traum befinde. Kein Neuland für mich, aber da ich dessen jetzt gewahr bin, kann ich den Traum bewusst beobachten, ich könnte ihn sogar nach meinem Willen steuern und gestalten oder aber einfach weiterlaufen lassen. Das ist die Variante, für die ich mich entscheide. Ich reiße mich mit einem selbst für mich überraschenden Ruck von den beiden Männern los und knie bereits vor dem Bett meiner Frau, bevor meine Freunde richtig bemerken, dass ich ihnen entwischt bin. Ich höre sie leise fluchen und diskutieren, aber jetzt ist bloß noch eins wichtig! Ich bin bei IHR. Ich ergreife ihre eiskalten und kraftlosen Hände und schaue in ihre unglaublich schönen, blauen Augen.

Sie ist meine ewige Seelengeliebte. Ich wusste es, seit ich ihr damals zum ersten Mal in die Augen geschaut hatte. Und nun liegt sie im Sterben. Unser Blick findet sich und ohne Worte kommunizieren wir. Ein verzweifelter Versuch, die letzten gemeinsamen Minuten bewusst miteinander zu teilen und Abschied zu nehmen, denn dass Hoffnung aussichtslos ist, zeigt mir ihr Blick mehr als deutlich. Sie hat bereits mit dem Leben abgeschlossen, jegliche Hoffnung ist aus ihr gewichen. Ich umarme sie und wir küssen uns ein letztes Mal liebevoll und innig, während ihre Seele, meine geliebte Verwandte, ihren Körper verlässt und mich alleine und verzweifelt zurücklässt … Die Tränen rollen noch immer über meine Wangen, als ich danach erwache. Ergriffen schaue ich auf den Wecker und realisiere, dass es bereits neun Uhr ist. Ich habe alles noch ganz klar vor Augen … Und apropos Augen. Es waren natürlich erneut die Augen von Alex gewesen, welche mich aus dem Gesicht dieser tapferen und selbst im Todeskampf wunderschönen Frau angeblickt hatten.

„Langsam wächst mir das Ganze über den Kopf, weißt du!", beschwere ich mich bei Thor, während meine morgendliche Dosis Koffein aus der Maschine in die Tasse fließt. Die Dusche vorhin hat mich nur äußerlich gereinigt, während sich in meinem Innern noch immer die verschiedensten Fragen und Gefühle türmen. Der Traum hat mich sehr aufgewühlt und das nicht bloß, weil dieses Mal ich der Mann und Alex die Frau war.

„Wie soll das bloß mit uns weitergehen?", frage ich erneut an Thor gerichtet. Er schaut genauso ratlos zurück, wie ich ihn wohl anblicke. Ich will mir gerade meine Kaffeetasse schnappen, als es klingelt. Also lasse ich sie wieder los, runzle nachdenklich die Stirn, weil ich niemanden erwarte, und laufe dann, von Thor begleitet, zur Haustüre, um erst mal durch den Spion nachzuschauen, wer da so unerwartet hereinschneit. Alles, was ich sehe, ist jedoch ein Meer aus tiefroten Rosenköpfen! Ich öffne die Türe und der Rosenstrauß senkt sich. Dahinter guckt das grinsende Gesicht eines jungen Mannes hervor. Auf seinem

Kopf trägt er eine Schirmmütze, auf der das Logo eines Blumengeschäftes prangt. „Einen wunderschönen guten Tag! Ich habe diese Lieferung für Sie dabei." Er lächelt freundlich und hält mir den Strauß, wie ich jetzt sehe, sehr langstieliger, prachtvoller Rosen hin. Ich übernehme sie überrascht und eher zögerlich aus seiner Hand und bedanke mich bei ihm. Dann bitte ich, ihn kurz zu warten, damit ich ihm ein Trinkgeld holen kann. Thor bleibt derweil, Wache schiebend, wie es sich gehört, an der offenen Türe sitzen.

Nachdem der Bote weg ist, ich eine passende Vase rausgesucht und den, zugegebenermaßen überwältigend schönen, Strauß darin drapiert und gewässert habe, öffne ich die mitgelieferte Karte. Es sind übrigens genau 50 Rosen, die ich gezählt habe. Pures Glück, dass ich eine passende Vase dafür gefunden habe, der Strauß ist dermaßen mächtig. Die Karte steckt in einem ebenfalls tiefroten Umschlag in Herzform. Auf der Vorderseite der Karte ist nochmal eine einzelne Rosenknospe abgebildet. Sie ist noch geschlossen, aber man sieht schon erste Anzeichen einer baldigen Blüte. Ich schlage die Karte auf und da steht in Steves unverkennbarer und schwungvoller Handschrift:

Liebste Alea
Fühle dich bitte nicht gedrängt durch dieses kleine Zeichen meiner Wertschätzung, Bewunderung und aufrichtigen Verehrung für dich. Lass dir alle Zeit, die du brauchst, um dir darüber klar zu werden, was du von meinem Vorschlag hältst. Ich werde geduldig warten, möchte aber, dass du weißt, dass ich dich LIEBE!
Mit innigem Kuss – Steve

Liebe hat er absichtlich großgeschrieben und wir beide wissen, warum. Da es ja diese eine verflixte und komplizierte (Beziehungs-)Liebe betrifft, welche wir sogar grundsätzlich vertraglich ausgeschlossen haben. Und an welche wir beide eigentlich auch nie geglaubt haben bisher. Er zumindest scheint seine Meinung darüber tatsächlich geändert zu haben. Und ich sitze dieses Thema betreffend, aber was Alex betrifft, in einem ähnlich schwankenden Boot ...

„Oh Mist! Kann es denn noch verrückter werden?", frage ich Thor eher rhetorisch, während ich ziemlich gerührt bin, weil Steve die Karte sogar eigenhändig geschrieben hat, statt sie dem Blumenhändler zu diktieren und von ihm schreiben zu lassen. Außerdem redet dieser, bis anhin kopfgesteuerte, disziplinierte und kühl berechnende Mann plötzlich allen Ernstes von Gefühlen und Liebe. Muss ich selbst meine Gefühle und Ansichten zur Liebe vielleicht auch mal prüfen und revidieren? Oder neu definieren? Es ist alles so verwirrend. Ich sehne mich nach der gepflegten Ruhe, welche vor einer Woche noch im Überfluss in mir zu spüren war. Mit dem Auftauchen von Alex hat der ganze Schlamassel begonnen. Der Übername Störenfried ist für ihn wirklich mehr als passend! Ich trinke meinen inzwischen fast kalten Kaffee, aber bevor meine Gedanken sich weiter mit Alex oder Steve beschäftigen können, klingelt es schon wieder an der Türe.

Jetzt beginne ich, fast schon ein bisschen hysterisch, zu lachen. Ich schaue zu, wie Thor erwartungsvoll zur Tür läuft, sich dann wartend hinsetzt und mich auffordernd anschaut, damit ich endlich komme und die Türe öffne. Denkt er etwa, das sei ein neues Spiel?! Also schaue ich zum zweiten Mal innerhalb der letzten halben Stunde zum Spion raus und sehe erneut ein jugendlich grinsendes Gesicht vor mir. Diesmal gehört es allerdings zu einer attraktiven, jungen, brünetten Frau, die einen weißen Fadenstrauß in der Hand hält.

Ich öffne neugierig die Tür, schaue den Fäden entlang rauf und sehe eine Vielzahl an glänzend roten, herzförmigen Ballons über mir schweben. Mit den Worten „Da ist jemand wohl mächtig in Sie verliebt!", überreicht die strahlende Botin mir das Fadenbündel. Nachdem ich mich mit überraschtem Gesicht bedankt habe, lacht sie mir nochmal augenzwinkernd und kaugummikauend zu, dreht sich um und ruft über die Schulter nach hinten blickend: „Schönen Tag noch!" Dann steigt sie in ihren pinkfarbenen Lieferwagen und fährt davon. Ich bin so perplex, dass ich ihr glatt vergessen habe, ein Trinkgeld zu holen.

Drinnen lasse ich die Ballons an die Zimmerdecke aufsteigen und angle nach der Karte, welche an dem Bündel befestigt ist. Sie zeigt ein Adlerpaar, welches frei in einem strahlend blauen Himmel nebeneinander schwebt. Als ich sie auffalte, steht da in Sams Handschrift:
Mögest du deinem Herz genauso viel Raum und Freiheit geben, damit es sich entscheiden und entfalten kann, wie diesen Ballons, welche ja hoffentlich nicht bloß bis zur Zimmerdecke steigen dürfen! Außerdem soll ihr Flug dich daran erinnern, wie grenzenlos frei wir uns gestern in der Luft schwebend fühlten.
In tiefer Liebe – Sam, der nicht aufgeben wird, um dein Herz zu kämpfen, meine Süße!

Ich spüre bereits wieder eine Träne hochkommen und wundere mich erneut, wie emotional instabil ich innert einer Woche geworden bin. Dauernd überschwemmen mich meine Gefühle, egal, ob ich es will oder nicht. Bisher hatte ich meine starke Fassade, welche ich mir nach dem Tod meiner Eltern zugelegt hatte, weitaus besser unter Kontrolle. Doch langsam entgleitet mir alles und von mir werden Entscheidungen gefordert, welche ich nie treffen wollte und mit denen ich auch nicht gerechnet hatte. Meine harte Fassade bröckelt und ich weiß noch nicht so genau, was ich davon halten soll oder wie damit umzugehen ist. Jedenfalls entwickelt sich das Ganze in eine beängstigende Richtung, welche in mir den Drang, davonzulaufen, wachruft.

7. KAPITEL

Wirre Träume und irre Tatsachen, schlimmer geht immer ...

Pünktlich um 17:00 Uhr stehe ich in Nicks Büro. Nick ist 40 Jahre alt und sieht sehr gut aus. Jedoch hat er so zarte, fast weibliche und perfekte Gesichtszüge, dass er auf mich nicht maskulin genug wirkt, und somit waren Körperlichkeiten zwischen uns nie ein Thema gewesen. Zudem ist er seit ein paar Monaten frisch verheiratet und nachdem ich ihn gefragt habe, wie es ihm so geht, schwärmt erst mal eine Runde von seiner Braut und davon, wie schön die Liebe ist. Genau, was ich jetzt brauche ... Ironie off. Nach dem Small Talk gehen wir zum geschäftlichen Teil unserer Verabredung über und ich erfahre, dass es um meine Finanzen bestens steht. Ich bin eine wohlhabende Frau! Mein Leben ist, was diesen Bereich betrifft, ausreichend geordnet und abgesichert. Finanziell ist jedenfalls alles bereit für einen totalen Neuanfang in meinem Leben. Mit diesem Fazit verlasse ich zufrieden lächelnd gegen 19:00 Uhr den großen Bürokomplex und mache mich auf den kurzen Weg zum Parkplatz, auf dem ich meinen schwarzen Volvo geparkt habe. Ich suche in meiner Handtasche nach dem Schlüssel, schreite um die Ecke, und als ich wieder aufschaue, stockt mein Schritt. Da lehnt doch tatsächlich Alex lässig mit übereinander gefalteten Beinen an meinem Auto, raucht eine Zigarette und plaudert dazu in sein Handy.

Als er mich kommen sieht, beendet er das Gespräch und drückt die Zigarette unter seiner Schuhsohle aus. Er lächelt mir breit zu und sagt, sobald ich in Hörweite komme: „Hey Wildkatze. Ich konnte nicht bis morgen warten. Wie wäre es mit einem Happen beim Chinesen? Du wirst mir doch wohl nicht schon wieder einen Korb geben!" So sitzen wir ein wenig später auf der windgeschützten Gartenterrasse des Bao-Bao-Restaurants, essen genussvoll Reis, Gemüse und süsssaure Ente, welche zart und sehr wohlschmeckend ist. Alex erzählt von seiner Woche und ich von meiner. Erneut fliegt die Zeit im Nu vorbei. Wir verstehen uns blendend und amüsieren uns köstlich, wir scheinen denselben Humor zu mögen. Die Flasche Rotwein leert sich, während die Teelichter der kitschigen Tischdekoration langsam ausgehen. Ich habe den Gedanken an eine andere Frau, welche er vielleicht ehelichen will, vorerst verdrängt. Noch ist er ja nicht verheiratet und wir tun ja nichts „Verbotenes".

Das ändert sich allerdings, als wir draußen vor unseren Autos stehen und es ums Verabschieden geht. Während ich eher verlegen werde, da wir uns ganz allein auf dem dunklen Parkplatz befinden, grinst Alex frech und selbstbewusst vor sich hin und sagt dann mit seiner sexy Stimme: „Ich glaube, jetzt ist Kuss Nummer drei fällig und den hole ich mir, ohne darum zu bitten oder dich um Erlaubnis zu fragen, Wildkatze!" Mir läuft bei seinen Worten wieder mal ein kribbeliger Schauer das Rückgrat runter und ich beschließe, mich nicht dagegen zu sträuben. Zu groß ist meine eigene Sehnsucht, seine Lippen erneut auf meinen zu spüren! Wird es sich tatsächlich immer noch so anders und besser anfühlen als die Küsse von Steve und Sam? Oh ja! Das tut es mit Sicherheit, wie ich sehr schnell feststelle. Wir knutschen und befummeln uns wie zwei ausgehungerte Teenager, bis irgendwann die Scheinwerfer eines zufahrenden Wagens die Szenerie beleuchten und wir uns atemlos und mit wild klopfenden Herzen voneinander lösen. Wir schauen uns an und grinsen dann gleichzeitig los. Danach nütze ich die Unterbrechung und das wieder einigermaßen klare Denken und sage immer noch lächelnd: „Das war ein sehr netter Abend und ein höchst aufregender Abschiedskuss. Ich danke dir herzlich, aber jetzt werde ich nach Hause fahren, Thor wartet noch auf seinen letzten Rundgang."

Alex erwidert schmunzelnd: „Ich hoffe, unsere nächste Knutscherei wird nicht so brüsk unterbrochen. Wir sehen uns dann morgen Mittag, wie vereinbart, O.K.?" Mit einem Kuss auf die

Stirn verabschiedet er sich und ergänzt: „Träum was Angenehmes, Kleines." „Danke, du auch, und bis morgen. Bin schon gespannt auf deine Pläne für Lisas Haus", sage ich lächelnd und das ist in doppelter Hinsicht wahr, denn morgen gedenke ich, ihn mit Sabrinas Aussage und der Sache mit seiner künftigen Frau zu konfrontieren.

Ich bin mit Alex in Lisas Haus und er lockt gerade in sehr verführerischem Tonfall: „Komm her, meine kleine Wildkatze! Heute lassen wir uns von niemandem stören!" Und schon liege ich in seinen muskulösen Armen, wir küssen uns immer leidenschaftlicher und dann beginnen wir, uns gierig und hastig auszuziehen. Das Verlangen, nackte Haut zu spüren, ist gegenseitig und sehr groß. Ich zergehe fast vor Sehnsucht nach ihm. Als wir beide dann endlich, wie Gott uns schuf, eng ineinander verschlungen und uns noch immer küssend mitten im Wohnzimmer stehen, schwingt plötzlich die Eingangstür auf. Davor stehen die Eltern von Alex, Sabrina mit ihrem Mann und den Kindern und dahinter, wie es scheint, auch noch die halbe Dorfbevölkerung.

Ich schrecke ertappt zusammen und versuche hastig und verlegen, meine Blöße mit den Händen zu bedecken. Alex scheint das alles in keiner Weise zu stören! Obschon er ebenfalls splitterfasernackt dasteht und nicht mal ansatzweise versucht, sein bestes Stück vor dem Publikum zu verbergen, grinst er die gaffende Menge fröhlich und völlig schamlos an. Gerade will ich dazu was sagen, aber dann beginnt Dorothea, die Mutter von Alex, bereits zu sprechen: „Alex, mein Junge! Wie schön, dass du uns endlich deine Braut vorstellst. Das wird sie ja wohl sein!" Und schon kommt sie auf mich zu, um mich zu umarmen. Erkennt sie mich denn nicht? Sie verhält sich, als wären wir uns noch nie begegnet, und vor allem scheint auch sie sich überhaupt nicht daran zu stören, dass wir nackt mitten in Lisas ehemaligem Wohnzimmer stehen! Wie peinlich ist das denn? Ich würde mich am liebsten in Luft auflösen oder vor lauter Scham im Boden versinken. Inzwischen strömt die ganze Meute an Leuten frischfröhlich ins Haus und ein riesiges Geschnatter an Gesprächen entsteht. Ich glaube, ich drehe gleich durch! Ich schaue ratlos und hilfesuchend zu Alex, aber der zuckt bloß grinsend mit den Schultern, zwinkert mir zu und sagt: „Nimm es locker Kätzchen, wie's scheint, ist die Familie mit meiner Wahl zufrieden, sie mögen dich!"

Ich erwache schweißgebadet und völlig gerädert. Als Nächstes bin ich unendlich froh, dass dies alles nur ein wirrer Traum war und beginne, schon beinahe wieder leicht hysterisch, zu kichern. Thor kommt zum Bett und schaut mich mit schräg gehaltenem Kopf und fragenden Augen an. Ich kraule ihn hinter den Ohren und sage ihm, dass alles gut ist, während sich meine innere Aufruhr langsam legt. Diesen Traum werde ich hoffentlich ganz schnell vergessen! Scheint mir nicht so, dass darin eine wichtige Botschaft enthalten ist, welche es sich zu deuten lohnt. Um Viertel nach zehn sitze ich bei Veronika, meiner Friseuse, auf dem Stuhl und genieße entspannt die Kopfmassage, während sie meine Haare wäscht. Wie immer unterhalten wir uns oder besser gesagt, sie unterhält mich mit den neusten Dorfklatschgeschichten. Ein wenig Ablenkung kommt mir sehr gelegen, denn der irre Traum verfolgt mich immer noch ungewollt. Und der Gedanke, mit diesem Traum im Kopf nachher in Lisas Haus zu gehen, macht mich jetzt bereits ein wenig konfus. Als ich eine Stunde später, zufrieden mit dem neuen Haarschnitt, aus dem Salon herauskomme, beschließe ich ganz spontan, noch kurz in die Apotheke zu fahren. Mir gehen demnächst die Anti-Baby-Pillen aus, besser, ich sorge zeitig für Nachschub. Eine ungewollte Schwangerschaft ist das Letzte, was ich jetzt noch gebrauchen könnte …

Ich bin die einzige Kundin im Laden, die Apothekerin ist mit meinem Rezept nach hinten gegangen, als die Türglocke anschlägt und eine weitere Kundin, aufdringlich laut telefonierend, hereinkommt. Ich schaue mich nach ihr um. Sie scheint allerhöchstens Mitte zwanzig zu sein, sieht umwerfend gut aus. Lange, braune, gelockte Haare umrahmen ein fein geschnittenes und klassisch schönes Gesicht. Ihre Figur ist ebenfalls atemberaubend und ihr knallgelbes, hautenges Kleid gibt mehr preis, als es verbirgt. Sie stöckelt auf mörderisch hohen Absätzen Richtung Parfumregal und spricht dabei aufgeregt in ihr Handy, welches sie sich so dicht wie möglich ans Ohr hält, jedoch penibel darauf achtet, dass es keine Make-up-Spuren abkriegt. Sie schimpft gerade: „Natürlich habe ich rausgefunden, was er plant! Was denkt Alex sich denn? Er könne irgendetwas vor mir verheimlichen?" Die Gute scheint echt angepisst, so sauer, wie sie klingt. Und Männer namens Alex hatten es wohl an sich, Ärger zu verursachen. Ich schmunzle amüsiert vor mich hin, als die Apothekerin mit meinen Pillenschachteln zurück zur Theke kommt und ich sie bezahle.

Das einseitige Gespräch hinter meinem Rücken geht munter weiter. Nun sagt sie zu dem mir unbekannten Gesprächspartner: „Du kannst sicher sein, dass ich ihn finde, das elende Dreckskaff ist ja nicht allzu groß und seine Eltern lassen sich sicher ausfindig machen. Es gibt ja wohl kaum viele Leute mit dem Namen Bergmann hier. Sowieso höchste Zeit, dass ich mich da mal vorstelle!" Jetzt lacht sie schrill und es klingt ein wenig gackernd. Irgendwie ist sie mir nicht ganz geheuer und auch total unsympathisch. Was für eine Verschwendung, so viel gutes Aussehen an einen solchen Zickenhaufen zu verteilen, denke ich. Aber vorhin, beim Namen Bergmann, habe ich aufgehorcht! Denn das ist tatsächlich der Familienname von Alex. Kann es sein, dass sie tatsächlich „meinen" Alex sucht? Denn in einem Punkt hat die Schnepfe zumindest recht, Bergmanns gibt es wirklich nicht allzu viele hier …

Ist sie etwa gar die geheimnisvolle Zukünftige? Ich muss mir wohl Klarheit verschaffen. Inzwischen hat sie das Telefonat beendet und will gerade zur Theke weiterstöckeln, da spreche ich sie spontan an: „Verzeihung, ich kam nicht umhin, Ihr Gespräch eben zu belauschen (so laut wie sie geredet hat, wäre ein Nichthören sowieso unmöglich gewesen). Darf ich fragen, ob Sie nach Alex Bergmann suchen?" Sie schaut mich mit einem abschätzenden und ziemlich herablassenden Blick an, mustert mich einen Moment ungeniert kritisch. Ich komme mir ein wenig underdressed vor in meinen saloppen Jeans, zu denen ich einen leichten, beigen Strickpulli mit dreiviertel Ärmeln und flache, offene Schuhe trage. Dann sagt sie, mich mit verkniffenen Augen weiter musternd: „Ja, genau nach dem suche ich. Und wer sind Sie? Wenn ich fragen darf?"

Mit der Lady scheint ja nicht gut Kirschen essen, deshalb sage ich extra freundlich und harmlos lächelnd: „Ach wissen Sie, ich bin in diesem elenden Dreckskaff aufgewachsen und kenne Alex zufällig aus der Schulzeit. Außerdem bin ich ehrlich gesagt grad auf dem Weg zu ihm. Möchten Sie nicht einfach mitkommen?" Sie rümpft mit sichtbarem Widerwillen leicht ihr niedliches Stupsnäschen und sagt dann, nicht minder herablassend als vorhin: „Das scheint mir tatsächlich der kürzeste Weg ans Ziel. Bringen Sie mich zu ihm! Aber erst muss ich mir noch eine Packung Kopfschmerztabletten kaufen, warten Sie doch schon mal draußen!" Und hoheitsvoll wendet sie sich von mir ab und klackert auf ihren Stilettos zur Ladentheke, wo eine interessiert lauschende Apothekerin sie schon erwartet. Zähneknirschend, aber äußerlich lächelnd, sage ich sehr leise und nur für mich hörbar: „Jawohl Madame, zu Ihren Diensten." Ich fühle mich gerade wie ein Butler, schmunzle aber über diesen Zufall, sie hier getroffen zu haben, und verlasse das Geschäft ziemlich nachdenklich. Also, wenn diese hochnäsige Giftspritze in ihrem grellen, gelben Kleid wirklich Alex Verlobte ist, dann gute Nacht! Armer Alex! Wir alle, arme Dorfbevölkerung dieses elenden Dreckskaffs! (Was erlaubt die eingebildete, blöde Kuh sich eigentlich so abfällig über unseren friedlichen und schönen Ort zu lästern!) Wenn diese Lady Sunshine erst mal hier lebt, ist der Dorffrieden, wie Sabrina es nannte, jedenfalls garantiert schnell dahin!

Frau Roth, die Apothekerin, wird diese Szene in leicht aufgemotzter Form, wie bei ihr üblich, blitzschnell im Dorf weiterverbreiten. Sie ist für ihre geschwätzige Art sehr bekannt oder wohl eher berüchtigt. Aber da sie ein Talent dafür hat, die Szenen stets lebendig und mit ihrer eigenen lustigen Dramatik recht witzig darzustellen, hören ihr die meisten Leute liebend gerne beim Abtratschen zu. Das kann ja noch heiter werden. Ich bin schon aufs Äußerste gespannt, wie Alex reagieren wird, wenn ich gleich mit der zickigen Protzschnitte bei ihm aufkreuze ... Da kommt sie auch bereits Hüfte schwingend aus der Apotheke getänzelt, schaut sich auf dem Parkplatz um und entdeckt mich bei meinem Volvo stehend. Ich habe die Heckklappe offen, damit Thor, den ich mitgenommen habe, frische Luft schnappen kann. Schon wieder rümpft sie angewidert die Nase! Das Miststück wird mir immer unsympathischer.

Als sie dann vor mir steht, sagt sie mit ihrer eher unangenehm hohen Stimme: „Es kann losgehen. Ich fahre Ihnen hinterher, mein Wagen steht gleich da drüben." Sie deutet, Anerkennung heischend, auf ein schickes, schneeweißes Mercedes E-Klasse Cabrio, zu dem sie sich gerade die Schlüssel aus ihrer original Louis Vuitton Handtasche hervorangelt. Diese zur Schau gestellte Angeberei und ihr ganzes aufgeblasenes Gehabe stinken mir. Freundinnen werden wir beide garantiert nicht! Während der kurzen Fahrt zu Lisas ehemaligem Haus kann ich nicht verhindern, dass eine gewisse Schadenfreude aufkommt. Alex wollte Spielchen, jetzt kriegt er sie serviert! Und mit dieser Tussi hat er wohl sowieso Spielchen genug für ein ganzes Leben. Er tut mir fast ein bisschen leid, aber nur fast! Jeder kriegt bekanntlich das, was er verdient ...

Keine zehn Minuten später fahre ich vor dem Anwesen, das jetzt offiziell Alex gehört, auf den großzügigen Parkplatz. Alex schwarzer Audi steht bereits da. Während ich aussteige, parkt der gelbe Kanarienvogel den schicken Mercedes auf der anderen Seite des Audis. Und so schreiten wir gezwungenermaßen gemeinsam Richtung Haustüre, als diese sich auch bereits öffnet und Alex im Türrahmen erscheint. Sein freudiges Lächeln bei meinem Anblick erstirbt rasend schnell, weicht dem unbezahlbaren

Ausdruck der völligen Verwirrung und gipfelt in einem höchst wütenden Blick, welchen ich so noch nie an ihm gesehen habe. Er presst zwischen verkniffenen Lippen ein überraschtes und ziemlich aggressives „SAVANNAH!? Was zum Teufel hast du denn hier verloren?!" hervor. Woraufhin sie erwidert: „Wenn du mir sagst, wer diese kleine, billige Schlampe ist, die mich hergeführt hat, dann erzähle ich dir das vielleicht!! Schläfst du etwa mit ihr?"

Na, die Giftspritze hat ja echt Haare auf den Zähnen, denke ich einigermaßen schockiert und auch ein bisschen beleidigt. Und bevor die beiden ans Eingemachte gehen, möchte ich mich lieber verziehen. Natürlich könnte es klatschtechnisch noch sehr interessant werden, ihnen weiter zuzuhören, aber so neugierig und masochistisch bin ich dann doch nicht veranlagt! Also sage ich ruhig, aber bewusst ein bisschen höhnisch: „Ihr beiden Turteltauben braucht jetzt wohl ein wenig Zweisamkeit und da will ich auch gar nicht weiter stören. Also tschüss, viel Spaß noch zusammen." Ich kann mir ein boshaftes Grinsen nicht verkneifen. Alex schaut mich erschrocken an und sagt flehend: „Alea, nein! Bitte geh nicht! Es ist nicht, wonach es aussieht, glaub mir! Ich kann dir das alles erklären!" Ich antworte spöttisch lachend: „Ja genau, dieser Klassiker von Spruch musste ja jetzt noch kommen! Aber du bist mir sowieso keine Erklärungen schuldig. Hingegen Savannah scheint ja sehr gespannt darauf, was du alles zu erklären hast. Also, man sieht sich! Ciao!" Ich wende mich ab, um in die Privatsphäre meines Wagens zu flüchten, bevor die mühsam zurückgehaltenen Tränen aus mir rausfließen. Alex ruft mir irgendwas nach, ich verstehe es aber nicht, und als ich bei meinem Auto ankomme, schaue ich nochmal kurz zurück und sehe wie, die beiden sich ordentlich zoffen. Ich seufze, als ich mich hinters Lenkrad setze und losfahre. Mir ist vorhin schlagartig ganz klar und unwiderruflich bewusst geworden, dass ich Alex liebe! Mein Herz will weder Steve noch Sam, es schreit geradezu nach Alex. Aber scheinbar beinhalten seine Lebenspläne diese gelackmeierte, eingebildete Schnepfe! Und mit ihr will ich künftig garantiert nichts mehr zu tun haben. Die Tränen fließen, ich schluchze vor mich hin, während ich Thor meinen ganzen Seelenschmerz zu jammere. Er jault leise und solidarisch mit. Mein bester Freund, auf ihn ist doch immer Verlass! Ich glaube, ich muss weg hier. Mir wächst das alles wirklich über den Kopf.

8. KAPITEL

Nötige Entscheidungen

Ich wische mit dem Ärmel meines Pullis die Tränen weg, versuche, meine Gefühle zu beherrschen, und verkünde Thor: „Weißt du was, wir beide werden verreisen! Ich hab erst mal genug von den Männern, außer von dir natürlich!" Zu Hause angekommen greife ich nach dem immer bereitstehenden Notfall-Reisekoffer. Schnappe mir eine herumliegende Sporttasche, in welche ich noch Thors Utensilien, drei Paar Schuhe und eine Jacke packe. Dann greife ich nach meiner größten Handtasche und schütte den Inhalt der kleinen, welche ich bei mir hatte, ungesehen rein. Und zum Schluss hole ich noch ein paar unverzichtbare Kleinigkeiten wie Ladekabel, Pass und aus dem Tresor genügend Bargeld, für alle Fälle. Nachdem ich alles im Auto verstaut habe, gehe ich nochmals zurück ins Haus und während eines kurzen Kontrollgangs versichere ich mich, ob alle Fenster und Türen gut verschlossen sind. Ziehe da und dort einen Stecker aus der Dose und unten im Wohnzimmer greife ich nach dem Ballonstrauß von Sam und dann verschließe ich die Türe zu meinem Zuhause, in dem ich mich jedoch gegenwärtig eher wie eine Gejagte fühle. Ich löse die Schlaufe, welche die Ballons zusammenhält, und lasse sie in die Freiheit entfliegen. Mit leicht melancholischer Stimmung beobachte ich sie, wie sie in den Himmel steigen. Erst bleiben sie ein Weilchen in ihrer Formation, doch dann geht jedes Herz seinen eigenen Weg. Und ich schicke den Wunsch ins Universum, dass mein Herz seinen Pfad zum Glücklichsein schnell wieder findet.

Keine Stunde nach der unschönen Szene bei Alex sitzen Thor und ich bereits wieder im Wagen und fahren Richtung Süden. Es ist ein äußerst befreiendes Gefühl und meine Laune hebt sich gleich deutlich. Ich rufe über die Freisprechanlage zuerst bei Carmen an. Sie meldet sich nach kurzem Klingeln und ich erkläre ihr zusammenfassend, was sich seit unserem Gespräch vorgestern Mittag alles ereignet hat. Ich erwähne zusätzlich jetzt auch die Sache mit Steve, welche ich ihr bei unserem letzten Austausch ja verschwiegen habe. Zum Schluss erkläre ich, dass ich vorerst von allen Männern nichts mehr wissen will. Ich bitte sie ausdrücklich darum, keinem zu sagen, wohin ich fahre, und sie verspricht es mir.

Sie wird während meiner Abwesenheit, von der ich nicht weiß, wie lange sie dauern wird, im und zusammen mit dem Gärtner ums Haus nach dem Rechten schauen. Ich bedanke mich herzlich bei ihr und sie sagt zum Abschied: „Hör auf dein Herz, Alea! Alles andere ist zweitrangig." Das treibt mir erneut Tränen in die Augen, denn der Mann, nach dem mein Herz schreit, vergnügt sich ja lieber mit dieser aufgeblasenen Tussi, aber ich verspreche ihr schluchzend, das zu berücksichtigen. Danach rufe ich im Hotel Sonnenblick an und lasse mir ein Zimmer für vorerst eine Woche reservieren. Das kleine, sehr exquisite und traumhaft inmitten der Berge liegende Hotel ist mir von früheren Besuchen in guter Erinnerung geblieben. Hunde sind da ebenfalls sehr willkommen und es gibt einen großartigen Wellnessbereich, in dem man sich fürstlich verwöhnen lassen kann. Ideal für Thor und mich. Ich freue mich auf Ruhe und Einsamkeit, um mit mir und meinen wirren Gefühlen ins Reine zu kommen.

Vier Stunden später sitze ich, in einen flauschigen Hotelbademantel gehüllt und mit einem Mojito in der Hand, auf dem Balkon meines gemütlichen Hotelzimmers. Ich genieße mit Thor zusammen die Ruhe und die fantastische Aussicht. Das Handy vibriert auf dem Tisch und ich sehe, dass Alex schon wieder versucht, anzurufen – sicher bereits zum zehnten Mal, seitdem ich losgefahren bin! Ich habe jeden einzelnen Anruf ignoriert oder gleich beim ersten Klingeln weggedrückt. Ich will und kann jetzt nicht mit ihm reden. Meine emotionale Stabilität ist im Eimer und ich bin alles andere als bereit für diese Konfrontation. Aber Alex wäre nicht Alex, würde er nicht hartnäckig bleiben, und so kommt gleich darauf eine schriftliche Nachricht rein. Die Neugier siegt über die Wut und ich lese: „Bitte Alea, geh ans Telefon. Ich möchte dir wirklich erklären, was es mit Savannah auf sich hat. Bitte vertrau mir! Es ist in keiner Weise wie du wohl denkst und wie es die Spatzen hier leider teils auch bereits von den Dächern pfeifen. Glaub mir, da läuft nichts zwischen ihr und mir. Schon lange nicht mehr. Aber es ist kompliziert, also lass uns darüber reden."

Obwohl ich mir vorgenommen habe, keine Antwort zu geben, schreibe ich dennoch zurück: „Ich will jetzt aber nicht mit DIR reden! Und ich habe bereits gesagt, dass du mir sowieso keine Rechenschaft schuldig bist. Also klär du gefälligst deinen Kram und ich kümmere mich um meinen!" Blitzschnell kommt seine nächste Nachricht: „ICH LIEBE DICH – VERTRAU MIR! BITTE!!" Genau das zu glauben und ihm zu vertrauen, fällt mir grad sehr schwer und ich schreibe ihm abschließend: „Definier doch mal Liebe, aber lass dir ruhig genug Zeit damit! Denn nach dieser Nachricht werde ich das Handy ausschalten und ich habe keine Ahnung, ob und wann ich es wieder einschalte … Also mach's gut und gib auf dich acht." Dann drücke ich auf Senden und gleich danach auf Ausschalten. Der Bildschirm wird dunkel und ich lege das Handy in die Nachttischschublade. Ich trinke seufzend meinen Mojito fertig und kraule Thor unter der Schnauze, was er wohlig genießt. Es wird Zeit, mir was anzuziehen, um 18:00 Uhr ist ein Tisch auf der Terrasse für mich reserviert. Da ich den ganzen Tag noch nichts gegessen habe, knurrt mein Magen bereits vorfreudig. Dank dem Mojito bin ich erstaunlich gelassen und lächle sogar ein wenig, als ich zum Kleiderschrank schreite. Pfeif auf die Männer, ich werde es mir hier gut gehen lassen.

Ich entscheide mich für ein fast bodenlanges Kleid, das oben eng anliegend ist und unterhalb der Taille in einen weitschwingenden

Rock mündet. Es ist burgunderfarben und mit Stickereien verziert. Ich lege mir eine passende Strickjacke um die Schultern, greife nach Thors Leine und verlasse das Zimmer zufrieden und einigermaßen ruhig. Auf der Terrasse, welche eine wundervolle Aussicht bietet, finde ich schnell den für mich reservierten Tisch und setze mich hin. Während ich ins Weite blicke, denke ich bereits wieder an Alex. Das ist echt mühsam, ich bringe den Kerl nicht aus meinem Kopf, auch wenn ich es noch so will. Der aufmerksame, charmante und gut aussehende Kellner, er heißt Lorenzo, serviert mir kurz darauf mein bestelltes Lachsfilet mit Balsamico-Glasur und Rucola-Salat. Er wünscht der bella Rosa bionda, wie er mich nennt, einen guten Appetit. Und ich schenke ihm ein freundliches, aber nicht allzu strahlendes Lächeln, obwohl mich das Kompliment natürlich freut. Aber ich will einfach keinerlei zusätzliche, männliche Aufmerksamkeit auf mich ziehen. Wie gesagt, Männer sind erst mal tabu!

Die nächsten Tage verbringe ich mit ausgedehnten Spaziergängen, relaxend im Wellnessbereich oder bei einer Massage und an kraftvollen Orten in der Natur meditierend. Die Nächte sind gottseidank traumlos und dadurch sehr erholsam. Mir ist inzwischen klar geworden, dass ich Steve und Sam dringend darüber informieren muss, dass aus ihren Plänen nichts wird. Ich werde, auch mir zuliebe, klare Fronten schaffen und die beiden heute noch anrufen.

Als ich nachmittags mit einer Kanne Tee auf meinem Balkon sitze, schalte ich das Handy wieder ein. Drei Tage habe ich es strikt nicht angerührt. Auf dem Display erscheint die erschreckende Nachricht, dass in Abwesenheit achtzehn verpasste Anrufe und fünfundvierzig neue Textnachrichten eingegangen sind. Das lässt mich aufstöhnen und der Stress streckt schon gleich wieder einen seiner Fühler nach mir aus. Ich ermahne mich, mir keinen Druck mit Lesen und Beantworten zu machen, denn schließlich habe ich das Handy nur eingeschaltet, um zu telefonieren. Also ignoriere ich die Anrufe und Nachrichten und mache mich ans

Werk, bevor mich der gesammelte Mut wieder verlässt. Die anstehenden Gespräche liegen mir schwer auf dem Magen.

Zuerst versuche ich es bei Steve und lande natürlich bei seiner Sekretärin Simona. Wir kennen uns ja persönlich und nach kurzem Geplauder frage ich sie, ob der Boss zu sprechen sei. Sie sagt, dass er in einer Mitarbeiterbesprechung steckt, aber ausdrücklich erwähnt hat, dass sie ihn informieren soll, falls ich anrufe. Ich erkläre ihr, dass unser Gespräch eventuell etwas länger dauern könnte und ich auch später nochmal durchklingeln kann, aber jetzt besteht sie ihrerseits darauf, ihn zumindest zu informieren. „Du weißt ja, wie er ist, und ich riskiere lieber keine Einzelgänge!" Ich sehe bildlich vor mir, wie sie dazu mit den Augen rollt. Wir haben diesbezüglich nämlich dieselbe Angewohnheit und ich schmunzle. Ja, ich kenne ihn tatsächlich und doch nicht so gut, wie ich bisher immer dachte … Und dann ist Steve plötzlich in der Leitung. Fragt mit besorgter und aufgeregter Stimme, wo ich bin, was los sei und wieso ich seit Tagen seine Anrufe und Nachrichten ignoriere. Ich bedanke mich zuallererst für den wunderschönen Rosenstrauß. Dann erkläre ich ihm, dass ich verreist bin und keine Ahnung habe, wann ich wieder komme. Dass ich Abstand und Ruhe brauche und deshalb niemandem sagen will, wo ich mich gerade aufhalte.

Dann erkläre ich ihm möglichst feinfühlig, dass ich nicht auf seinen Vorschlag eingehen kann und dass ich mit sofortiger Wirkung unseren kompletten Arbeitsvertrag inklusive den Sondertreffen zu kündigen gedenke. Er versucht, zu verhandeln, typisch Steve! Schlägt mir diverse Kompromisse vor, aber ich schmettere alles im vornherein ab. Damit er das Ganze vielleicht besser akzeptieren kann, sage ich ihm zum Schluss, dass mein Herz einem anderen gehört. Das macht ihn einen Moment sprachlos, und so sage ich abschließend, dass ich ihn gern habe, es für mehr aber nicht reicht. Dass dies unfair ihm gegenüber wäre und ich ihm alles Gute für die Zukunft wünsche. Ich danke ihm für all die schönen Jahre und erwähne, dass unser Kontakt ja nicht völlig abgebrochen werden muss. Wir können Freunde bleiben. Ein alter, doofer Standardspruch, aber ich hoffe wirklich, dass es so sein kann. Dann beenden wir den Anruf und ich atme erst mal tief durch. Jemanden zu enttäuschen, ist immer wieder eine unangenehme Erfahrung, und ich habe Steves Enttäuschung und Trauer deutlich gefühlt. Er tut mir aufrichtig leid, dennoch verleiht mir dieser Schlussstrich ein befreiendes, erhebendes Gefühl! Und dieses nutze ich und wähle Sams Nummer.

Er hebt bereits nach dem zweiten Klingeln ab und es fällt mir bei ihm noch um einiges schwerer, mich zu erklären, wie ich sofort feststelle. Ich bitte ihn um Verzeihung und Verständnis dafür, dass ich seinen Antrag nicht annehmen kann, weil ich ihn nicht so liebe, wie er es verdient, und erwähne, dass ich unsere Donnerstagabend-Vereinbarung künftig als nichtig erachte. Auch bei ihm bedanke ich mich, sogar weinend, für die tollen Jahre und die unvergesslichen, fantastischen Erlebnisse. Und natürlich auch für die süßen Ballons neulich, über welche ich mich wirklich sehr gefreut habe. Ich wünsche ihm aus tiefstem Herzen, dass er ohne mich glücklich sein möge, und die richtige Frau für ihn finden möge. Er versucht nicht, etwas auszuhandeln, wie Steve, aber er sagt: „Ich gebe die Hoffnung noch nicht auf, Alea. Ich akzeptiere deinen Entschluss, aber wie lange ich um dich kämpfen werde, entscheide allein ich selbst." Irgendwie rührt mich das. Sam ist wirklich ein feiner Kerl, und die Frau, welche ihn mal abkriegt, kann sich echt glücklich schätzen. Uns ist bewusst, dass wir einander auch künftig über den Weg laufen werden, das Dorfleben hat das so an sich. Also sage ich: „Wir sehen uns, irgendwann, mach's gut, Cowboy!" Dann wische ich den Anruf weg und schalte das Handy wieder aus, ohne bei den Nachrichten reinzuschauen.

Und dann lasse ich all die restlichen Tränen frei fließen. Ich heule mich so richtig hemmungslos aus, Thor sitzt derweil geduldig und tröstend neben mir. Ich muss ihn mehrmals daran hindern, mir die fließenden Tränen auf meinen Wangen wegzulecken. Es scheint, als wäre die Zeit für einen Neuanfang in meinem Leben gekommen. Irgendwann sage ich zu ihm: „Na, mein Guter, bist scheinbar auch durstig, was?" Ich fülle ihm seinen Wassernapf und für mich wähle ich ein kleines Sektfläschchen aus der Hotelbar und lasse mir dazu ein heißes Vollbad einlaufen.

Während ich in einem nach Patchouli und Sandelholz duftenden Schaumbad liege, lösen sich allmählich die inneren Gedanken um Sam und Steve endgültig auf und eine neue Freiheit macht sich in mir breit. Ein kleiner, leiser Hauch des vorhin empfundenen Trennungsschmerzes besteht zwar noch, es fühlt sich erneut ein bisschen melancholisch an. Was aber wohl völlig normal ist, wenn man einen Lebensabschnitt beendet und noch nicht recht weiß, welche Türe sich einem als Nächstes öffnet. Ich bin guten Mutes und voller Vertrauen, dass ich es bald herausfinden werde. Die Ruhe hier in den Bergen und das saftige Grün der Wiesen und Wälder verhelfen mir jedenfalls zu neuer Kraft und Klarheit. Jetzt bleibt nur noch die eine Sache mit Alex, dem Störenfried!

Sobald ich an ihn denke, läuft mir wieder dieser inzwischen wohlbekannte, elektrisierende, aber nicht unangenehme Schauer vom Nacken den Rücken runter. Es fühlt sich jeweils an, als würde mich Alex sanft auf den Hals küssen. Hinter geschlossenen Augen taucht im Kopfkino sein Gesicht vor mir auf. Er lächelt und schaut mich liebevoll an. Spontan frage ich ihn gedanklich: „Wer zum Henker ist diese Savannah-Zicke denn nun?" Und in der darauffolgenden Stille meiner Gedanken höre ich ihn lächelnd sagen: „SIE ist eine Irre und unwichtig. DU bist wichtig, ich liebe dich! Ich habe dich schon immer geliebt, seit Anbeginn der Zeiten." Wow, das hat sich jetzt aber schräg angefühlt! Es war wirklich so, als ob wir dieses Gespräch direkt geführt hätten. Werde ich langsam selbst irre? Nachdenklich trinke ich meinen Sekt aus, dusche mich ab und steige aus der Wanne. Beim Recherchieren über diese Seelenverbindungen letzthin habe ich gelesen, dass es scheinbar zwischen den sogenannten Dual- und Zwillingsseelen durchaus üblich sei, dass eine verstärkte, telepathische Verbindung vorhanden ist. Das ist ein höchst interessantes Forschungsgebiet. Und ich will, was Alex betrifft, auch Klarheit schaffen. Ich kann diesem Gespräch nicht mehr viel länger ausweichen. Aber nicht mehr heute, für heute ist genug getan, was die Männerwelt betrifft. Da es erst 16:30 Uhr ist, buche ich mir kurzerhand um fünf noch eine Massage und danach werde ich mich von Lorenzo auf der Hotelterrasse ein weiteres Mal kulinarisch verwöhnen lassen.

Nach dem Abendessen – die Zitronen-Ricotta-Tortelloni haben sehr lecker geschmeckt und Lorenzo hat seinen italienischen Charme dazu versprüht – befinde ich mich jetzt mit Thor auf einem abendlichen Spaziergang durch den Ort. Obwohl meine Gedanken gerade noch ganz woanders gewesen sind, muss ich urplötzlich an Alex denken und gleichzeitig läuft mir wieder dieser elektrisierende Schauer das Rückgrat runter. Dann höre ich seine Stimme sagen: „Bitte melde dich bei mir, Alea!" Und obwohl ich bewusst gar nichts sagen will, antwortet meine innere Stimme ohne mein Zutun: „Ich melde mich bald. Hab noch ein wenig Geduld, alles wird gut." Hab ich beim Abendessen zu viel Rotwein getrunken? Was läuft denn da? Mein WIR-Ich verselbstständigt sich immer mehr, sehr mysteriös das Ganze.

9. KAPITEL

Wird doch noch alles gut?

Ich sitze auf einer heimeligen Terrasse im Schatten, Thor zu meinen Füßen. Die Terrakottaplatten passen perfekt zu dem italienisch angehauchten Stil, welche die gesamte Gartenlandschaft vor meinen Augen ebenfalls ausstrahlt. Irgendetwas kommt mir vage bekannt vor. Es ist ein strahlend sonniger Tag und linkerhand vor mir, im Rasen, befindet sich ein großer, wellenförmig angelegter Swimmingpool, welcher ebenfalls von denselben Terrakottaplatten gesäumt ist. Im Pool planschen fröhlich zwei Kinder. Ein Junge, ungefähr fünf Jahre alt, und ein Mädchen, schätzungsweise etwa ein gutes Jahr jünger. Am einen Ende des Pools, leicht erhöht, steht ein mit kleineren Terrakottasteinen eingefasster, runder Whirlpool. Von dessen Umrandung aus gelangt man direkt auf eine kleinere, überdachte Holzterrasse, auf welcher zwei bequem aussehende Liegen und ein paar mediterrane Topfpflanzen stehen. Es ist ein wundervoller Ort und er strahlt große Ruhe und Zufriedenheit aus. Ich fühle mich so richtig glücklich und geborgen.

Nun steigen die beiden Kinder aus dem bodenebenen Pool, kommen auf mich zu gerannt und rufen: „Mama!!! Wir möchten jetzt gerne ein Eis essen, du hast versprochen, dass wir am Nachmittag eins kriegen." Und ich breite fröhlich lachend meine Arme aus und die beiden süßen Mäuse fallen mir um den Hals. Ich umarme sie beide gleichzeitig, drücke jedem einen Kuss auf die nassen Haare und sage dann: „Aber sicher bekommt ihr euer Eis, versprochen ist versprochen. Ihr dürft sogar frei auswählen, welches. Ich habe extra ganz viele verschiede Sorten für euch eingekauft." Während das Mädchen nach diesen Worten mit glänzenden Augen jubiliert, hält sich die Begeisterung des jungen Mannes offenbar in Grenzen. Er sagt nämlich zu seiner fast einen Kopf kleineren Schwester: „Oh Mann! Da brauchen wir ja sicher ewig, um uns für bloß eines zu entscheiden!" Und dann spitzbübisch an mich gerichtet: „Dürfen wir nicht zwei haben?" Ich lache laut los und sage: «Na, das sind ja wieder mal Luxusprobleme, mein Süßer. Aber du weißt ja sicher, was Papa zu sowas sagen würde?" Und er antwortet mit ernsthaftem Gesicht, seinen Vater, dem er verblüffend ähnlich sieht, nachahmend: „Das Leben ist schön, von einfach war nie die Rede!" Und wir lachen alle drei gemeinsam.

Ich lächle noch immer glückselig vor mich hin, als ich erwache. Obwohl eigene Kinder zu haben, für mich bisher eher in die Kategorie Albträume gefallen wäre, empfinde ich das aktuell komischerweise absolut anders. Diese beiden Knirpse im Traum – da war eine tiefe, innere, mir bisher unbekannte Liebe zu ihnen spürbar gewesen. Es hat sich unerwartet gut angefühlt, die beiden in den Armen zu halten. Und es erschreckt mich nicht mal jetzt, da ich wach bin. Ich staune über mich selbst ...

Die gute Laune hält an, am Frühstücksbuffet habe ich mich reichlich bedient und es ist ein himmlisch sonniger, wenn auch eher schon herbstlich kühler Tag. Ich sitze nach einem ausgedehnten Spaziergang auf einer einsamen Parkbank am Waldrand. Thor liegt vor mir im Gras und kaut an einem Holzstock rum, welchen er aus dem Wald mitgebracht hat. Heute ist Mittwoch und ich bin bereit, mir anzuhören, was Alex zu sagen hat. Jedoch will ich, bevor ich ihn anrufe, seine Nachrichten prüfen, denn ich habe ihm ja zuletzt eine Aufgabe hinterlassen. Und ich bin neugierig, was er zum Thema Liebe zu sagen hat. Ich hole mein Handy aus der Hosentasche und schalte es zum zweiten Mal in den vier Tagen, welche ich jetzt hier bin, ein.

Zu der gestrigen Liste an verpassten Anrufen und Nachrichten sind noch ein paar neue hinzugekommen, aber die interessieren mich noch immer nicht. Von Alex ist, wie vermutet, auch was drauf. Als ich den Chat mit ihm öffne, sehe ich als Erstes ein Bild. Es ist ein altes Foto und zeigt ihn und mich, die Köpfe nah zusammen und in die Kamera grinsend. Ich weiß, dass auf dem Originalfoto an meiner anderen Seite Sabrina zu sehen ist, und es wurde, wenn ich mich richtig erinnere, an ihrem zwölften Geburtstag aufgenommen. Alex hat Sabrina scheinbar extra weggeschnitten. Danach einen vorteilhaften Bildfilter verwendet und das Foto dann in einen roten Herzrahmen gesetzt, sodass es fast aussieht, als wären wir zwei damals ein Pärchen gewesen. Ich schaue in unsere jugendlichen Gesichter, gehe in Gedanken zu dem Tag zurück. Diese Party war einer der wenigen Augenblicke gewesen, bei welchen Alex sich mir gegenüber nicht so fies wie üblich verhalten hatte. Ich erinnere mich, dass wir an diesem Nachmittag sogar richtig gut miteinander ausgekommen sind. Er war nicht während der ganzen Feier mit dabei, kam erst am späteren Nachmittag, als bereits die ersten der eingeladenen Mädchen wieder gingen oder schon weg waren. Und wir paar übrigen haben danach noch eine Runde witzige Gesellschaftsspiele gespielt, an denen er sich rege beteiligt hat.

Ich schaue unter das Bild auf Alex nächste Nachricht und da steht: „Du willst, dass ich Liebe definiere. Also gut … Was ist Liebe? Liebe ist in erster Linie bedingungslos. Damit wäre eigentlich schon alles gesagt!!! Aber ich vermute, du gibst dich nicht so einfach zufrieden. Also weiter … Liebe ist, zusammen Hand in Hand alles zu schaffen, was einem das Leben an Aufgaben stellt. Liebe bedeutet nicht, dass immer alles einfach ist, aber dass sich die Mühe lohnt. Liebe ist Glück und Liebe ist Hoffnung und Vertrauen. Liebe ist, dem anderen die Freiheit zu lassen, seinen Lebensweg zu gehen und sich zu entfalten. Liebe hat tausend Gesichter und Liebe ist, wenn ein Kuss nicht bloß die Lippen, sondern das ganze Herz berührt!"

Diese Zeilen bewegen mich zutiefst und ich lächle glücklich vor mich hin. Besser hätte ich es wohl selbst nicht ausdrücken können. Das hat er wirklich wundervoll geschrieben. So antworte ich ihm spontan mit den Worten: „Und Liebe ist, wenn jemand deine Welt auf den Kopf stellt und sie sich danach zum ersten Mal genau richtig anfühlt!" Während dem Absenden pocht mein Herz einmal mehr aufgeregt und heftig. Gleich darauf erklingt Moritz Manfredsons Song, Störenfried, auf meinem Handy. Diesen Klingelton habe ich Alex zugeteilt, als ich seine Nummer vor nicht mal zwei Wochen abgespeichert habe. Ich staune erneut, wie schnell all diese Veränderungen und Neuerungen in mein Leben getreten sind, und nehme seinen Anruf mitsamt den Schmetterlingen im Bauch entgegen.

Ein paar Stunden später ...
Während ich kurz nach dem Mittag meine Massage genieße, rufe ich mir das morgendliche Telefongespräch mit Alex nochmal in Erinnerung. Er und Savannah waren also tatsächlich mal ein paar Wochen sowas wie ein Paar gewesen. Sie hatte sich ihm in einem Nachtclub während einer Feier wohl richtiggehend an den Hals geschmissen. Und soweit ich sie beurteilen kann, könnte diese Beschreibung gut hinkommen. Sie hat nach der ersten gemeinsamen Nacht, in welcher Alex ziemlich betrunken in ihrem Bett (oder sollte ich „im Netz" sagen? Diese Spinne!!! Gibts nicht so eklige, kleine giftgelbe Spinnen?) gelandet ist, sofort damit begonnen, Forderungen zu stellen und sich zu verhalten, als wären sie zwei jetzt ein Paar. Er hatte ihr ganz klar gesagt, dass er keine Beziehung sucht, sondern höchstens ab und zu Sex und Spaß. Erst fand Alex ihr Verhalten noch einigermaßen amüsant, aber nach Kurzem wurden ihre Forderungen immer abstruser und er bemerkte, dass das alles ihr voller Ernst war. Ihre entsprechenden Wutausbrüche bewiesen es immer häufiger. Sie schien in einer Art Fantasiewelt zu leben, in der sie tat, als wäre sie seine Freundin und sie beide schon längst ein Paar. Für ihn waren es weiter gelegentliche Treffen mit Sex und immer bei ihr zu Hause. Alex hat extra betont, dass es bisher nur zwei Frauen jemals in seine Wohnung geschafft haben, und Savannah war definitiv keine davon gewesen. Das Ganze gipfelte dann darin, dass sie tatsächlich begann, Hochzeitsvorbereitungen zu treffen. Da war ihm ihr zunehmend irres Verhalten endgültig zu viel und

er hat nach nur knapp vier Wochen bereits die Notbremse gezogen. Hat ihr klipp und klar gesagt, dass er mit ihr nichts mehr zu tun haben will.

Das hat sie jedoch nie akzeptiert und sich weiter an ihn gehängt. Ihn richtiggehend gestalkt, bis er erst kürzlich eine gerichtliche Verfügung gegen sie erwirken konnte. Nun durfte sie sich ihm eigentlich nicht mehr nähern, aber scheinbar hielt sie sich nicht immer daran. Das Beispiel bei Lisas Haus hat es deutlich gezeigt. Die Angelegenheit liegt inzwischen über zehn Monate zurück und Alex hat, nachdem ich am Samstag wegfuhr, noch länger gebraucht, bis Savannah endlich aufgegeben hat und einigermaßen einsichtig wurde. Seine Drohung, die Polizei zu informieren, damit sie festgenommen wird, hat sie schlussendlich zum Rückzug bewogen. Gut weiß sie nicht, dass unsere örtliche Polizei aus nur zwei Beamten besteht: dem 61-jährigen, dicklichen, gutmütigen Walter und seinem nur ein Jahr jüngeren Partner Alfred, welcher klein und knabenhaft schlank ist. Nicht wirklich ein Polizistenduo, welches auf eine schrille Sirene wie Savannah Eindruck machen würde.

Als ich Alex zum Schluss danach fragte, wen er denn damals gegenüber Sabrina als seine zukünftige Frau betitelt habe, hat er bloß lachend gesagt: „Natürlich dich, Süße! Wen denn auch sonst!" Noch vor ein paar Tagen hätte mir das eine höllische Angst eingejagt, aber nach dem Traum neulich hat es mir heute Morgen nur ein Lächeln ins Gesicht gezaubert und ich habe darauf geantwortet, dass ich mich bisher aber an keinen Antrag von ihm erinnern kann. Was er wiederum schmunzelnd und mit den Worten „Alles zu seiner Zeit, mein Kätzchen" zur Kenntnis genommen hat.

Die Massage ist zu Ende. Ich schlüpfe in meinen Bademantel, bedanke mich bei meiner Masseuse und mache mich tiefenentspannt auf den Weg in mein Zimmer. Das Kribbeln im Nacken beginnt wieder und automatisch denke ich an Alex. Beginne zu lächeln, jetzt, da ich weiß, dass es ihm genauso geht und wir in solchen Momenten tatsächlich eine Art Liveschaltung miteinander haben. Er fühlt zwar nicht dieses elektrisierende Kribbeln wie ich, sagt aber, dass mein Bild und die Gedanken an mich mit einem Gefühl einhergehen, als ob ich ihm meine Hand direkt auf sein Herz legen würde. Und es scheint wirklich so, dass wir eine telepathische Verbindung haben. Ich habe ihm, nachdem er mir die Geschichte mit Savannah erklärt hat, davon erzählt, wie ich ihn gestern in der Wanne nach ihr befragt habe. Und er hat diese Szene ebenfalls bewusst erlebt und mir genau das geantwortet, was ich auch geistig bereits gestern von ihm als Antwort gehört hatte. Das ist Magie pur und wir sind beide völlig fasziniert davon und freuen uns bereits darauf, mit dieser neuen Kommunikationsquelle zu experimentieren. UND! Wir haben uns gegenseitig bestätigt, dass wir uns lieben und dieser Sache zwischen uns eine echte Chance geben werden. Alex hat die nächsten beiden Tage freigenommen und ist wohl bereits auf dem Weg zu mir. Wir werden die folgenden vier Tage bis Sonntag gemeinsam hierbleiben und dann entscheide ich mich spontan, ob ich ebenfalls heimfahre oder eventuell noch eine weitere Woche Urlaub mache.

Im Zimmer angekommen, begrüße ich Thor ausgiebig, hüpfe dann freudig unter die Dusche und beginne, mich für Alex frisch und hübsch zu machen. Ich bin glücklich, das fühlt sich alles genau richtig an und ich freue mich bereits auf seine Ankunft hier. Die Anfahrt dauert rund drei Stunden und wenn er, wie geplant, um ein Uhr losfahren konnte, sollte er gegen sechzehn Uhr hier ankommen. Jetzt ist Viertel nach zwei, also habe ich mehr als genug Zeit, um das Beste aus mir herauszuholen. Und danach sogar noch meine Sachen zu packen, damit ich sie später ins neue, gemeinsame Zimmer hinüberbringen kann.

Kurz vor vier Uhr spaziere ich mit Thor an der Leine zum nahe gelegenen Gästeparkplatz, welcher von bereits ein wenig herbstlich angehauchten großen Bäumen eingezäunt ist. Er liegt ein wenig abseits des Hauptgebäudes und beim näheren Betrachten fällt mir auf, dass es mächtige, sicher sehr alte Eichen sind, die ihn umgeben. Zwischen zwei dieser Prachtstücke steht eine Bank und auf diese setze ich mich, während ich auf Alex Ankunft warte. Da es inzwischen ziemlich bewölkt und recht kühl ist, habe ich mich bei der Kleiderwahl für schwarze, enge Hosen und einen legeren, grob gestrickten, magentafarbenen Wollpullover entschieden. Darunter trage ich ein schwarzes Spitzentop, das unter den groben Maschen zart durchschimmert. Ich habe mich nur sehr dezent geschminkt und trage meine Haare locker hochgesteckt. Der Hauch meines Lieblingsparfums, welches ich zum Schluss sehr sparsam aufgetragen habe, zieht mir sanft in die Nase. Ich lächle vorfreudig und glückselig vor mich hin und bin ein wenig nervös. Thor habe ich von der Leine gelassen, da außer uns keine Menschenseele zu sehen ist. Er schnuppert interessiert das Terrain ab, hebt hie und da kurz sein Bein, um sich auf Hundeart ins Gästebuch einzutragen, und irgendwann höre ich von weither einen sich nähernden Wagen. In Sichtweite bestätigt sich meine Vermutung, dass es sich um den Audi von Alex handelt. Ich stehe auf und beobachte, wie er parkiert und danach trotz seiner Größe elegant wie eine Raubkatze aussteigt. Er grinst mich schelmisch an und wir laufen freudestrahlend aufeinander zu.

Als wir voreinander stehen, macht sich meine Hand selbstständig und legt sich auf sein Herz, welches heftig pocht. Er beobachtet es schmunzelnd und dann beugt er sich herunter und küsst mich sanft und sehr verführerisch in die Halsbeuge beim Übergang in den Nacken. Eine sehr erogene Zone meines Körpers und sofort durchfährt mich diese inzwischen gut bekannte elektrisierende Welle. Dann küssen wir uns sehr lange, die Welt um uns existiert nicht mehr wirklich und wir versinken in bisher ungeahnte Tiefen, bis Thor zu bellen beginnt, weil sich ein weiterer Wagen nähert. Seufzend lösen wir uns aus unserer Umarmung und Alex sagt: „Wir werden die nächsten Tage ja genug Zweisamkeit kriegen und ich freue mich sehr darauf. Ich bin so glücklich wie nie zuvor in meinem Leben. Sag mir, dass du mich genauso liebst wie ich dich!" Er strahlt mich dabei an und ich spüre, dass er jedes Wort völlig ernst meint. „Ja, du verrückter Kerl, ich liebe dich auch", säusle ich ihm total glückstrunken zu und irgendwie kann ich noch gar nicht glauben, dass wir jetzt wohl wirklich so etwas wie ein Paar sind, aber es fühlt sich auch für mich himmlisch und beglückend an.

Hand in Hand laufen wir mit Thor rumalbernd und kichernd zur Rezeption, wo ich sein Kommen bereits angekündigt habe. Wir werden nachher gemeinsam in eine große Suite umsiedeln und mein vorheriges Zimmer abgeben. Alles ist bereits geregelt und in die Wege geleitet. Später, beim Abendessen, unterhalten wir uns angeregt. Und während ich meinen sämigen Risotto mit Zucchetti und Riesencrevetten verspeise, erzählt Alex, dass das Auftauchen von Savannah bereits bis Sonntagabend die Runde gemacht und hohe Wellen geschlagen hat und dass sich inzwischen die wildesten Gerüchte im Dorf verbreiten. Jetzt, da ich die Wahrheit kenne, kann ich ebenso belustigt über diese Situation grinsen wie er. Nach dem Essen zeigt er mir die Baupläne, welche er bereits für sein neues Haus angefertigt hat. Als er mir eine sehr lebhaft gestaltete Zeichnung von seinen Vorstellungen für den Gartenbereich zeigt, erlebe ich ein Déjà-vu! In diesem Garten hab ich neulich gesessen und den beiden süßen Kindern beim Spielen im Pool zugeschaut! Deshalb kam mir die Umgebung damals vage bekannt vor, das war Lisas beziehungsweise jetzt eben Alex Garten gewesen und er schien genau nach diesen Plänen, welche Alex mir jetzt zeigt, gestaltet! Ich bin völlig überwältigt und erzähle Alex immer noch staunend von diesem sehr detailgetreuen Traum.

Er schmunzelt, als er sagt: „Und ich dachte, du erinnerst dich nicht an deine Träume, hast du mich da etwa angeflunkert?" Ich erröte wie ein kleines, ertapptes Mädchen, grinse aber schelmisch dazu. Und dann, da wir schon beim Thema Träume sind, erzähle ich ihm auch noch gleich von dem irren Traum, als wir beide nackt und einander befummelnd im Wohnzimmer seines neuen Hauses standen und all die Leute hereinplatzten. Er kann sich vor lauter Lachen kaum mehr erholen und wir spinnen die Geschichte nun sogar noch fantasievoll weiter, was noch hätte passieren können, bis Lorenzo kommt, um das leere Geschirr abzuräumen und nachzufragen, ob wir Kaffee und Nachtisch wünschen. Wir entscheiden uns für Kaffee und während Alex sich ein Tiramisu dazu gönnt, habe ich mich für ein flüssiges Dessert in Form eines Vieille Prune entschieden.

Daran nippend erzähle ich ihm von meinen Fronten klärenden Gesprächen mit Steve und Sam, dass ich die sexuellen wie auch die geschäftlichen Verbindungen zu beiden aufgelöst habe. Er sieht mich einigermaßen erstaunt an und fragt nach meinen Gründen für diese Entscheidung. „Ich hoffe, du hast das nicht meinetwegen gemacht, Liebes. Denn ich will nicht, dass du denkst, ich hätte das von dir erwartet oder dich je dazu aufgefordert." Wow, das finde ich eine sehr schöne Aussage und ich liebe Alex für diese Worte umso mehr. Um diese Bedenken wegzuwischen, erkläre ich ihm, was sich die letzte Woche über zwischen Steve, Sam und mir alles ereignet hat. Als ich den luftig romantischen Heiratsantrag von Sam erwähne, kneift er kurz die Augen zusammen und ich glaube, eine kleine Spur von Eifersucht wahrzunehmen, aber ansonsten hört er gelassen und wie mir scheint sogar ziemlich erfreut zu. „Ich bin wirklich sehr froh, hast du es nicht wegen mir getan, sondern weil die Umstände dich zu klaren Entscheidungen bewogen haben", meint er bedächtig und schaut mir dabei tief in die Augen. Ich lächle ihn an und sage: „Ich bin ebenfalls inzwischen sehr glücklich darüber, wie sich nun alles entwickelt hat. Ich fühle mich unendlich frei und genieße es gerade sehr, dass du hier bist und wir vier Tage nur für uns alleine haben werden.»

Ich könnte stundenlang in seine tiefgründigen, himmlisch blauen Augen blicken. Zwischen uns kribbelt es gerade wieder sehr mächtig. Ich staune, dass keine Funken dabei sprühen, und als sich Alex Hand unter dem Tisch auf meinen Oberschenkel legt, beginnt zusätzlich ein inneres Feuer zu lodern. Heute Nacht stört uns niemand, unsere Körper und die angestauten Energien dürfen sich hemmungslos austoben und beim Gedanken daran, dass oben ein gemeinsames Bett auf uns wartet, werde ich ein wenig nervös, aber die Vorfreude überwiegt definitiv und mein Kopfkino ist bereits in vollem Gang … Bevor wir uns jedoch in die gediegene Suite zurückziehen, welche wir am Nachmittag gemeinsam bezogen haben, laufen wir noch eine Runde mit Thor durch den Ort. Alex und Thor werden bestimmt gute Freunde werden. Alex hat ein ausgezeichnetes Händchen (und genug Leckerli in der Tasche) für Hunde und Thor scheint ihn ebenfalls sehr zu mögen, das bemerke ich seinem Verhalten ihm gegenüber.

10. KAPITEL
Seelensex

Als wir uns schließlich, kaum die Zimmertüre geschlossen, gierig küssend zu entkleiden beginnen, fällt mir der Traum wieder ein und ich frage Alex sicherheitshalber, ob die Tür auch wirklich verschlossen ist. „Du meinst wegen deinem Traum?", fragt er und bestätigt, ohne eine Antwort abzuwarten, lachend, dass sicher niemand uns stören wird und kann! Seine Hände kleben noch immer an meinem Hintern und kichernd wie alberne, verliebte Teenager kehren wir zu unserer Knutscherei zurück und dann existiert tatsächlich nichts mehr außer uns beiden. Seine Berührungen lösen so tiefe Empfindungen bei mir aus, welche ich trotz all der Erfahrungen, die ich bisher reichlich im sexuellen Bereich sammeln durfte, noch nie erlebt habe. Jede Körperzelle meines gesamten Wesens vibriert vor Erregung im Beisein von ihm und ich fühle instinktiv, dass es ihm genauso ergeht.

Als ich sein Hemd genüsslich aufgeknöpft habe und es über seine muskulösen Schultern abstreife, entdecke ich auf seinem linken Brustkorb ein großes Tattoo, welches sowohl über die Schulter weiter zum linken Arm als auch in den Rückenbereich übergeht. Fasziniert schaue ich es mir kurz an, streiche zart mit meinen Fingern drüber und küsse hie und da eine der Stellen. Da sind keltische Symbole, welche ich zum Teil kenne, zu sehen, aber auch diverse andere sehr schön gestochene, mystisch anmutende Motive. Irgendwie kommt mir das Ganze entfernt bekannt vor, es spricht etwas in mir drin an. Das muss ich mir bei Gelegenheit unbedingt einmal näher anschauen. Ich mag Tattoos sehr, auch wenn ich bisher selber keines habe. Alex hat einen sehr auf- beziehungsweise anregenden Körper, sehr sportlich und straff. Genau die richtige Masse an Muskeln, sodass es noch sexy, aber nicht übertrieben aufgepumpt wirkt. Kurz blitzt ein Bild von Sams ebenfalls perfektem Körper vor meinem inneren Auge auf und ich stelle erfreut fest, dass Alex ihm diesbezüglich in nichts nachsteht. Absolut nicht, denn Alex ist wirklich ein Gott, wohl Adonis. Ich möchte ihn stundenlang anschauen, erkunden und berühren und seine Venus sein. Seine Haut fühlt sich so gut an und er riecht fantastisch. „Nimm mich, mein Göttlicher!", flüstere ich ihm verführerisch ins Ohr und knabbere dann kurz an seinem Nacken.

Mein Pulli ist längst weg und nachdem das Top nun ebenfalls in hohem Bogen in dieselbe Richtung geflogen ist, beginnt Alex gierig, meine Brüste zu liebkosen, und ich seufze genussvoll, während er mich langsam rückwärts zum Bett drängt, ohne seine stürmischen Zärtlichkeiten zu unterbrechen. Als ich den Bettrahmen in meinen Kniekehlen fühle, setze ich mich aufs Bett und öffne gleichzeitig Alex Gürtelschnalle, während er vor mir stehen bleibt und ich ihm dabei in die Augen schaue. Danach öffne ich extra langsam Knopf für Knopf den Verschluss seiner Jeans. Er stöhnt leicht gequält auf, aber er scheint sich grad so auf mich zu freuen wie umgekehrt, wie ich sofort fühle. Ich streife dabei ganz leicht und scheinbar zufällig immer wieder seinen großen, harten Hammer während der Fummelei an den Knöpfen. Natürlich lasse ich mir absichtlich Zeit dabei! Ich genieße es, wie er dabei immer wieder lustvoll zusammenzuckt, und dann ist die störende Hose endlich runter und er steht in seinen engen, schwarzen Boxershorts vor mir. Bevor ich mich weiter vorwagen kann, übernimmt Alex wieder das Zepter, küsst mich leidenschaftlich und bringt mich mit sanftem, aber bestimmtem Druck dazu, mich auf den Rücken zu legen. Danach öffnet er seinerseits den Verschluss meiner Hose und zieht sie mir ebenfalls aus. Nun liege ich vorfreudig wartend, bloß noch mit meinem schwarzen Spitzenstring bekleidet vor ihm und mein Herz pocht, wenn das überhaupt möglich ist, noch wilder und heftiger. Auch wenn ich bereits mit ziemlich vielen Männern wilden und hemmungslosen Sex hatte, im Moment fühle ich mich, als würde es gleich um meine Entjungferung gehen.

In der darauf folgenden explosiven und funkensprühenden körperlichen Zusammenkunft erleben wir gemeinsam die endgültige Vereinigung und Verschmelzung unserer Seelen, die diese sich so sehnlichst gewünscht haben. „Ich bin du. Du bist ich, zusammen sind wir eins." Ich höre die Worte klar und deutlich mehrmals in meinem Kopf. Was ich fühle und empfinde, ist sehr schwer zu beschreiben. Es ist reine ekstatische und genussvolle Sexualität, wie ich sie bisher nie erlebt habe. Wir werden während unseres zärtlichen und gleichzeitig hemmungslosen Aktes von einem Strom purer, fließender Liebe durchflutet. Die dabei erzeugte Energie ist so mächtig, dass mir scheint, wir beide seien von einem prächtigen, goldenen Licht umhüllt. Aber es kann sich auch bloß um Einbildung handeln ... Wir geben uns sowohl den göttlichen Energien wie auch einander vollkommen hin. Ich erkenne ihn als den inneren Gott der Männlichkeit, während er der Göttin in mir den gebührenden Respekt zollt. Wir werden immer leidenschaftlicher und während dem gemeinsamen, unglaublich fantastischen Höhepunkt fühlt es sich an, als würde gleichzeitig eine Art innere Spontanheilung in mir stattfinden. Ein Loslassen von allem, was jemals war, und die sichere Gewissheit, dass es genau jetzt Zeit ist für diese neue, mächtige Energie in mir, die gerade geboren wird und die sich in meinem Leben manifestieren und entfalten will.

Eng aneinander gekuschelt, beide noch immer völlig überwältigt vom eben Erlebten, lausche ich, wie Alex Herzschlag sich langsam normalisiert, synchron mit meinem. Ich weiß immer noch nicht ganz genau, was da energetisch alles zwischen uns abgeht oder wohin uns das führen soll, aber eines ist gewiss: Diese Art der Liebe ist sich der Mühe, es miteinander zu versuchen, sicher wert! Und der Rest wird sich schon irgendwann klären oder zeigen. Wir sind ja beide zuversichtlich und offen dafür, zu ergründen und herauszufinden, wohin es uns bringen wird. Ich fühle jedenfalls, dass wir zusammengehören! Einander gehören, ohne einander zu besitzen. Es ist die höchste Form der Liebe. Die, welche keine Beschränkungen auferlegt. Die absolut bedingungslose

Liebe, welche nichts erwartet, aber alles zu geben bereit ist. Ich lächle mit geschlossenen Augen glücklich und zufrieden vor mich hin, während ich in Alex starken Armen in einen tiefen und erholsamen Schlaf falle …

In einem schlichten weißen, bodenlangen Kleid, welches so weite Ärmel hat, dass sie einen Moment wie Engelsflügel aussehen, als ich die Arme nun waagrecht ausstrecke und sie hoch über dem Kopf dem Himmel entgegen hebe, stehe ich an einer Klippe und schaue hinaus auf ein aufgewühltes und stürmisches Meer. Ich erflehe mir Hilfe von den Göttern, weil ich mich in einem Dilemma befinde. Als angehende Priesterin der Göttin Gaia, der Mutter Erde, habe ich einen Schwur geleistet. Dieser beinhaltet, dass ich meine Jungfräulichkeit bis zur großen Hochzeit von Mutter Erde mit Vater Himmel bewahren werde. Ich bin die nächste irdische Braut, welche in dieser Zeremonie der göttlichen Hochzeit, die in vier Monaten stattfindet, die göttliche weibliche Quelle repräsentieren soll. Und dass ich dabei meine Jungfräulichkeit verlieren soll, ist keineswegs mein Problem. Auch nicht, dass dies mit einem mir bis dahin unbekannten Mann passieren wird. Das Ganze geschieht nach dem Willen der Götter, wir sind auserwählt, deren Dienste zu tun und das alles ist für eine Priesterin nichts Außergewöhnliches. Mein Problem besteht eher darin, diese vier Monate auszuharren! Denn meine Jungfräulichkeit ist arg in Bedrängnis, seit ich IHM begegnet bin. Er ist einer der Druiden-Anwärter und lebt ebenfalls hier. Und seit wir uns zum ersten Mal erblickt haben, fühlen wir uns magisch zueinander hingezogen. Wenn wir uns küssen, jubiliert meine Seele, und es fällt uns zunehmend schwerer, die Finger voneinander zu lassen. Unsere Treffen finden selten und nur im Geheimen statt, denn Beziehungen unter den Priesterinnen und den Druiden werden hier auf der Insel nicht geduldet.

Ich spreche nun in einer fremden, aber höchst wohlklingenden Sprache (die ich komischerweise problemlos verstehe) ein Gebet in den Himmel. Übergangslos habe ich die Perspektive gewechselt und sehe nun mich oder genauer gesagt den Rücken der Priesterin, welche ich gerade bin, vor mir. Das Kleid hat einen goldenen Saum unten und auch an den Ärmeln, wie ich jetzt erkennen kann. Durch die in den Himmel gereckten Arme sind die Ärmel bis zu den Schultern zurückgerutscht und entblößen wohlgeformte, muskulöse Arme, welche beidseitig mit Tätowierungen verziert sind. Ich will grad wieder bisschen näher rangehen und sie mir näher anschauen, als mich ein nicht wirklich lautes, aber mit einem Knurren durchzogenes, einzelnes Bellen von Thor aus dem Schlaf weckt …

Ich reibe mir, enttäuscht darüber, dass der Traum unterbrochen wurde, die Augen, murmle in Richtung Thor: „Musste das jetzt sein, du Spaßbremse." Dann öffne ich die Augen endgültig und schaue als Erstes rüber zu Alex, der noch tief und mit einem kleinen, seligen Lächeln auf den Lippen schläft. Ich grinse glücklich vor mich hin, denke an unsere vergangene, bombastische erste Nacht. Und kann es irgendwie immer noch nicht fassen, was da zwischen uns vorgeht. Aber es fühlt sich eindeutig wunderbar und genau richtig an. Dann höre ich, wie an die Tür geklopft wird und zeitgleich Thor nun in ein Dauerknurren übergeht und zur Tür eilt. Komisch, so früh wurde ich hier noch nie von einem Zimmermädchen gestört. Um Alex nicht zu wecken, stehe ich leise auf, schlüpfe in sein schwarzes Hemd, welches noch achtlos auf dem Boden rumliegt und das erste unserer Kleidungsstücke ist, welches ich auf die Schnelle entdecke. Es reicht mir bis beinahe zu den Knien und während ich hastig die Knöpfe schließe, inhaliere ich verliebt lächelnd den im Hemd enthaltenen einmalig leckeren Duft von Alex und schreie gleichzeitig Richtung Zimmertüre.

11. KAPITEL

Unverhofft kommt oft

Ich streichle kurz über Thors Kopf, rede beruhigend auf ihn ein und dann beginne ich, ihn mit meinem einten Bein sanft zur Seite zu drängen, weil er mitten vor dem Eingang steht und diesen blockiert. Das nächste, ziemlich ungeduldige Klopfen erklingt, Thor beginnt erneut zu knurren und gleichzeitig öffne ich endlich, inzwischen ein wenig genervt ob der frühen Störung, die Tür. Danach geht alles rasend schnell: Ich erblicke überrascht Savannah, welche mit hassverzerrtem Gesicht und einem irren, wilden Blick vor mir steht. Während sie mich grob beiseiteschubst und ins Zimmer stürmt, erwacht Alex und schaut noch viel irritierter als ich. Noch bevor jemand von uns beiden etwas sagen oder sonst wie reagieren kann, Thor knurrt ziemlich angsteinflössend mit gefletschten Zähnen und bellt ab und zu, greift Savannah in ihre Handtasche und zieht eine Schusswaffe hervor. Mit den Worten: „Wenn ich dich nicht haben kann, soll dich auch keine andere jemals kriegen!", zielt sie auf Alex, der noch immer geschockt im Bett sitzt und bei der Distanz keine Chance mehr hat, zu reagieren. Und ohne zu überlegen, rein instinktiv, werfe ich mich vor Savannah in die Schusslinie, um ihn zu schützen. Sogleich vernehme ich einen lauten Knall und dann sehe ich mehr, als dass ich es fühle, wie die Kugel in meine Brust eindringt und ich kurzzeitig ins Wanken gerate.

Nun durchschießt mich ein heiß brennender, unglaublich fieser Schmerz, doch dann spüre ich überraschenderweise erst einmal nichts mehr. Ich sehe noch, wie Thor laut bellend Savannah anspringt, ihr die Waffe aus der Hand zu Boden fällt, bevor er sich in ihrem Arm festbeißt, und dann wird die Welt um mich herum schwarz und ich sinke wie in Zeitlupe zu Boden … Aus weiter Ferne höre ich Alex verzweifelt meinen Namen rufen. Ich will ihm sagen, dass ich ihn liebe und froh bin, dass ihm nichts passiert ist, aber meine Stimme gehorcht mir genauso wenig wie mein Körper.

Und dann sitze ich plötzlich übergangslos am Ufer einer wunderschönen, friedlich dahin plätschernden Quelle. Sie ist umgeben von blühenden Bäumen und saftigen Wiesen. Linkerhand fließt sanft strömend ein kleiner Wasserfall in die Tiefe und die Luft ist erfüllt von den verschiedensten Tiergeräuschen. Ich höre Vögel friedlich und fröhlich zwitschern, Bienen summen und irgendwo quakt ein Frosch. Wo bin ich denn? Während ich mich noch staunend umschaue, sehe ich plötzlich meine Eltern auf mich zukommen. Wir umarmen und begrüßen uns freudig, es scheint ihnen gut zu gehen, sie sehen so jung, schön und glücklich aus. Ich frage sie: „Wo sind wir denn hier? Ist mein Körper gestorben?" Meine Mutter antwortet, sich lächelnd umschauend: „Ich weiß auch nicht, wo wir hier sind, Liebes, denn das ist deine Welt, in der wir uns gerade befinden. Und zu deiner anderen Frage: Nein, dein Körper ist zwar schwer verletzt, aber dein Lebensfaden ist noch nicht durchtrennt. Du bist im Moment in einer Art Zwischenwelt, mein liebes Kind."

„Bleibt ihr denn jetzt bei mir? Wie geht es weiter?", frage ich neugierig, und dann ergänze ich noch: „Es ist so schön, dass ihr da seid! Ich habe euch schrecklich vermisst." Irgendwie kommen die alten, verdrängten Gefühle des Verlustes aus der Zeit, als sie damals starben, wieder in mir hoch und ich sehe klar und deutlich, wie einsam und verletzt, fast ein bisschen verloren ich mich nach ihrem Tod gefühlt habe. Und ich erkenne ebenso klar, dass ich danach eine Schutzmauer um meine Gefühle aufgebaut hatte, um künftig nie mehr einen solchen Schmerz ertragen zu müssen. Ich wollte mich davor schützen, zu lieben und dann diese Liebe wieder zu verlieren ... Deshalb war ich bis anhin gar nicht fähig gewesen, jemanden in mein Herz zu lassen. Und es bedurfte Alex, meinen ewigen Seelenpartner, meine Dualseele, der die Mauern um mein Herz einreißen konnte. Noch während ich diese Erkenntnis in mir wirken lasse, fühle ich, wie ich aus dieser Szenerie weggezogen werde, zurück in meinen Körper ... Ich rufe nach meinen Eltern, ich will hier nicht weg, aber es ist zu spät.

Ich fühle meinen Körper wieder. Ein Körper, der schrecklich schmerzt! Es fühlt sich an, als hätte ich ein langes, glühendes Messer in meinem Brustkorb stecken und jemand würde es ausdauernd in der Wunde drehen. Ich kann nicht sprechen und mir fehlt auch die Kraft, um die Augen zu öffnen. Ich möchte nur zurück zu dieser Quelle und zu meinen Eltern, ich habe noch so viele Fragen an sie ... Aber dann höre ich, wie Alex nach mir ruft, mich mit bittender Stimme anfleht, bei ihm zu bleiben. Ich rufe zurück, dass ich da bin, aber die Worte erreichen meinen Mund nicht. Dennoch höre ich, wie Alex kurz erleichtert aufatmet. Hat er meine Antwort also dennoch gehört oder wahrgenommen? Diese telepathische Verbindung zwischen uns ist wirklich praktisch.

Dann höre ich, wie eine mir fremde und angenehm klingende Männerstimme Alex dafür lobt, dass er die Blutung so geistesgegenwärtig und vorbildlich mit einem Druckverband gestoppt und mich warm zugedeckt hat. Dieselbe Stimme sagt nun: „Ab jetzt übernehmen wir sie." Und ich fühle, wie jemand an meinem Hals nach dem Pulsschlag fühlt. „Können Sie mich hören, Alea?" Ich will „Ja!" sagen, aber meine Stimme funktioniert immer noch nicht, genauso wenig, wie ich mit dem Kopf nicken kann. Die Stimme redet weiter: „Wenn Sie mich hören können, versuchen Sie, meine Hand zu drücken." Und ich sammle sämtliche Kraft, die noch in mir ist, und drücke seine Hand. „Sehr gut, ich spüre Sie, Alea. Wir werden uns jetzt um Sie kümmern, Sie sind in guten Händen. Bleiben Sie bei uns, Alea!" Die Schmerzen werden immer schlimmer! Ich will ja hierbleiben, aber dann verlasse ich meinen Körper erneut, schwebe über ihm an der Zimmerdecke und beobachte die Szene unter mir, als würde ich mir einen Film anschauen.

Meine körperliche Gestalt, irgendwie fühle ich sie nicht mehr wirklich, liegt noch immer mit der Bettdecke zugedeckt am Boden. Links und rechts von mir bereiten sich zwei Sanitäter darauf vor, meinen Körper auf die daneben bereitstehende Trage zu befördern. Von Savannah ist nichts mehr zu sehen, aber da befinden sich zwei weitere Männer im Raum. Polizeibeamte, wie mir ihre Uniformen verraten. Der eine macht sich Notizen, während der andere leise in sein Handy spricht. Alex sitzt auf der Bettkante, seine Arme auf die Oberschenkel gestützt, hat er sein Gesicht tief in die Handflächen vergraben. Er sieht so verzweifelt und verloren aus, und Thor versucht, ihn zu trösten, indem er sich dicht zu ihm hingesetzt hat und zwischendurch leise winselt, während er die beiden Sanitäter nicht aus den Augen lässt. Ich möchte sie beide trösten und ihnen versichern, dass es mir gut geht. Also konzentriere ich mich auf Alex und rufe ihn in Gedanken: „Alex, hörst du mich?" Und er hebt sofort erstaunt den Kopf, schaut instinktiv zu meinem auf der Trage liegenden Körper und antwortet, ohne seinen Mund zu öffnen: „Ich höre dich, Liebste! Ich werde bei dir bleiben, alles wird wieder gut. Versprich mir, dass du mich nicht verlassen wirst, nicht jetzt, nachdem wir endlich zusammengefunden haben. Bitte kämpf um dein Leben! Um unser gemeinsames Leben! Ich könnte es nicht ertragen, wenn du mich jetzt erneut verlässt."

Ich versichere ihm, dass es mir gut geht und ich kämpfen und bei ihm bleiben werde. Dann fallen mir die Worte, welche ich aus dem ersten Traum über uns beide kenne, ein, und ich sage: „So soll es für alle Zeiten sein. Ich bin du und du bist ich, zusammen sind wir eins." Und ich erkenne in seinem Gesicht ein beruhigendes, kleines, hoffnungsfrohes Lächeln.

Danach folgt eine längere Zeit, in welcher ich abwechselnd immer mal wieder im oder nah beim Körper verweile und mitbekomme, was um mich herum geschieht und gesprochen wird, auch wenn ich noch immer nicht dazu in der Lage bin, mich zu bewegen oder zu sprechen. Alex, der die meiste Zeit meine

Hand hält, ist meine einzige Verbindung zwischen den Welten, ich fühle seine Nähe fast immerzu. Die restliche Zeit ist gefüllt mit wirren Träumen, in denen ich größtenteils diversen Urängsten gegenübertrete, welche bereinigt werden müssen, und friedlichen Erholungsphasen an dieser idyllischen Quelle, wo ich inzwischen nicht bloß regelmäßig meine Eltern treffe, sondern auch öfters diverse andere hilfreiche Seelen zu Besuch habe und dabei sehr interessante und bewusstseinserweiternde Gespräche führe.

Auch was die irdische Seite betrifft, weiß ich von meinen eigenen Besuchen im Krankenzimmer so einiges. Zum Beispiel, dass Alex mir seit meiner Einlieferung nicht von der Seite weicht. Die Schwestern müssen ihn hartnäckig dazu zwingen, zwischendurch mal raus an die frische Luft zu gehen. Und sie haben ihm nach einiger Zeit erfolglosen Zuredens, dass er zum Schlafen in sein Hotelzimmer gehen soll, ein Zusatzbett ins Zimmer gestellt. Zuvor war er regelmäßig irgendwann mitten in der Nacht im Besuchersessel eingeschlafen. Er wollte mich um keinen Preis verlassen und seine Anwesenheit beruhigt mich tatsächlich sehr. Dennoch, ich möchte auch, dass er sich grad so gut um sich selbst kümmert. Er sieht so schrecklich müde und erschöpft aus. Zwischendurch kommunizieren wir geistig, versichern uns unsere Liebe und dass alles gut wird. Alex hat nach der Szene im Hotelzimmer, bevor er meinem Körper ins Krankenhaus nachfuhr, noch Sam angerufen und darüber informiert, was vorgefallen war. Unkompliziert wie er ist, hat Sam sich sofort in den Wagen gesetzt, die dreistündige Autofahrt in Kauf genommen und Thor umgehend im Hotel abgeholt. Er hat ihn mit zu sich nach Hause genommen, damit Alex ungehindert bei mir im Krankenhaus bleiben kann.

Außerdem habe ich aus diversen belauschten Gesprächen der Ärzte während meiner Anwesenheit neben meinem Körper erfahren, dass die erste Operation nach vier Stunden beendet werden musste, weil ich zu viel Blut verloren hatte und mein Herz zweimal aussetzte. Ich wurde danach in ein künstliches Koma versetzt. Bei einer erneuten Operation zwei Tage später verlief dann alles komplikationslos. Meine Lunge wurde durch den Schuss zwar verletzt und das Herz war von alldem noch sehr geschwächt, aber der Arzt hat zu Alex gesagt, ich sei eine Kämpferin und hätte gute Chancen. Das künstliche Koma wird jedoch noch eine Weile aufrechterhalten, bis alle Organe wieder stabil genug sind. Das braucht noch ein Weilchen, ist aber wichtig im Genesungsprozess.

Im Weiteren weiß ich aus einem belauschten Telefongespräch, welches Alex mit jemandem geführt hat, dass Savannah an Ort und Stelle im Hotelzimmer noch verhaftet wurde. Das beruhigt mich, wollte diese Irre doch tatsächlich Alex umbringen! Ich fasse es nicht, dass sie eine solch hasserfüllte miese Schlange ist und zu solch brutalen Mitteln gegriffen hat. Sie ist Alex scheinbar am Mittwoch heimlich gefolgt, als er zu mir fuhr, sie hatte ihn erneut ausspioniert beziehungsweise gestalkt. Danach hat sie ebenfalls heimlich ein Zimmer in unserem Hotel bezogen und uns weiter beobachtet. Sie muss bereits am Mittwochabend gewusst haben, welches Zimmer wir beide haben. Ein Wunder, dass sie uns diese eine Nacht noch gegönnt hat. Aber vielleicht wollte sie uns auch bewusst am Morgen danach, sozusagen in flagranti, stellen. Wer weiß, was in ihrem schrägen Hirn alles vorgeht.

Am interessantesten waren jedoch die Erkenntnisse, welche ich in der anderen, der geistigen Welt, sammeln durfte. Zum einen und das erscheint mir auch gleich das Wichtigste, habe ich die Angst vor dem Tod nun gänzlich verloren und mich sozusagen mit ihm ausgesöhnt. Ich weiß jetzt mit Bestimmtheit, dass das sogenannte Jenseits nichts Beängstigendes oder Beunruhigendes hat. Im Gegenteil: Kein Ort ist so friedlich, farbenprächtig, einmalig und wunderschön wie das Zuhause unserer Seele in den geistigen Sphären! Gäbe es nicht Alex, der auf mich wartet, würde ich gerne in dieser anderen Welt, befreit vom Körper und seinen irdischen Begrenzungen leben und ihn weiter erforschen.

Ich bin gerade wieder mal auf Kurzbesuch, neuerdings öfters wieder in meinem Körper drin und lausche, wie der Arzt zu Alex sagt: „Wir werden die Narkosemittel jetzt allmählich reduzieren. Solange bis Ihre Verlobte von alleine aufwacht, aber das kann noch eine längere Weile dauern. Ihr Körper braucht nun einige Zeit, bis er die Medikamente wieder abgebaut hat. Wir behalten ihre Werte in dieser Zeit genau im Auge, aber ein paar Tage müssen Sie sicher noch Geduld haben, Herr Bergmann. Und vergessen Sie nicht, dass Ihre Verlobte jetzt zehn Tage im Koma lag. Sie macht das alles ganz gut und sie wird sicher wieder vollständig gesund werden. Und sobald sie wach und stabil genug ist, können wir auch über die besprochene Verlegung nachdenken." Mit diesen beruhigenden Neuigkeiten im Gepäck begebe ich mich wieder zu meiner Quelle und in die andere Welt, in welcher ich mich inzwischen sehr gut zurechtfinde und die ich noch lange nicht komplett ausgekundschaftet habe ... Ich will das noch genießen, solange es geht ... Irgendwann ist es dann so weit. Ich verweile in letzter Zeit immer öfter und über immer längere Zeit im Körper und nehme diesen wieder Schritt für Schritt vollkommen in Besitz. Mein Geist wird nun zunehmend klarer und plötzlich spüre ich, wie einer meiner Finger unkontrolliert zuckt. Alex scheint es ebenfalls bemerkt zu haben und spricht mich leise an. Er fragt, ob ich ihn hören kann. Ich versuche krampfhaft, meine Augen zu öffnen, und nach einigem Bemühen flattern sie erst nur ein bisschen, doch dann schaffe ich es, sie wirklich aufzukriegen, auch wenn es noch sehr anstrengend ist. In Alex Blick ist zu sehen, dass er erleichtert, froh und auch überglücklich ist. Er lächelt mich liebevoll an und sagt leise: „Willkommen zurück, mein Engel." Ich versuche, ebenfalls zu lächeln, aber da ich noch immer am Beatmungsgerät angeschlossen bin, stellt sich das schwierig dar. Deshalb versuche ich, meine Hand, welche er mit seiner umfasst, zu bewegen, und das gelingt mir. Unglaublich, mit welch einfachsten Sachen man nach so einer Erfahrung zufrieden und glücklich sein kann. Es ist einfach nur schön, dass Alex da ist, und ich könnte ihn stundenlang einfach bloß ansehen.

Er drückt nun die Klingel, um eine Schwester herbeizurufen, und sagt mir gleichzeitig, wie unglaublich froh und glücklich er darüber ist, dass ich wieder wach bin und dass er stolz auf mich sei, dass ich so hartnäckig um mein Leben gekämpft habe. Ich antworte ihm automatisch innerlich und sage, dass ich das nur dank ihm und für ihn überstanden habe. (Naja wegen Thor auch noch ein bisschen.) Und jetzt drückt er meine Hand sanft und sagt: „Das höre ich gerne, Liebes. Jetzt wird alles gut werden."

Dann erscheint die Krankenschwester und kurz darauf der Arzt ebenfalls im Zimmer. Sie erlösen mich vom Beatmungsgerät und ich darf ein klein wenig Wasser in meinen ausgetrockneten Mund nehmen. Was für eine Wohltat! Der Arzt fragt mich, ob ich meinen Namen weiß, was ich ihm ohne Probleme beantworten kann, obwohl meine Stimme eher einem Krächzen gleicht. Er kontrolliert all meine motorischen Fähigkeiten und stellt mir weitere Fragen, welche ich ihm alle klar beantworten kann. Seine Untersuchungen scheinen kein Ende nehmen zu wollen. Das Ganze macht mich gleich wieder so müde, dass mir bereits erneut die Augen zufallen, und ich leise murmle, dass ich jetzt endlich mal ein bisschen schlafen möchte. Was Alex ein herzhaftes Lachen entlockt, und so schlafe ich mit einem glücklichen Lächeln auf den Lippen ein.

12. KAPITEL

Zwischenwelten

Im Traum bin ich wieder diese Priesterin, welche sich an der Klippe stehend Unterstützung von den Göttern erfleht hat. Diese Hilfe wurde ihr/mir gewährt, denn Arton, der Druidenanwärter mit den schönen blauen Augen, begegnete „uns" nach diesem Abend nicht mehr. Ich wusste nicht, ob er die Insel inzwischen verlassen hatte oder wir uns aus anderen Gründen nicht mehr begegneten. Da unser Verhältnis sowieso geheim war, konnte ich auch bei niemandem nachfragen, denn das hätte unnötig Auffallen erregt. Kein Tag, ach, was sag ich: Keine Stunde, ja nicht mal eine Minute vergeht, ohne dass ich an ihn denken muss. Meine Gedanken kreisen unaufhörlich um ihn und die Frage, ob ich ihn je wieder sehen werde? Heute ist nun mein großer Tag gekommen. Die Sommersonnenwende, an welcher die Zeremonie der göttlichen Hochzeit gefeiert wird. Die beiden Priesterinnen, die mir bis vorhin bei den Vorbereitungen geholfen haben, sind soeben gegangen, damit ich mich in Ruhe mit der Göttin, unserer Mutter Erde, verbinden kann.

Im Gegensatz zum letzten Mal trage ich heute ein viel prächtigeres und verführerisch glänzendes Gewand in nachtblauer Farbe. Obwohl das Kleid richtiggehend königlich aussieht und ich sogar ein edelsteinbesetztes Diadem auf meiner Stirn trage, wäre es für eine Königin wahrlich eine höchst unpassende Kleiderwahl. Viel zu sexy ist der Schnitt und zu sehr werden die weiblichen Attribute dadurch betont und in den Vordergrund gestellt. Für die bevorstehende Zeremonie jedoch ist es absolut perfekt. Ich repräsentiere schließlich in meiner heutigen Funktion die Weiblichkeit und Fruchtbarkeit der Göttin Mutter Erde … Sobald die Trommeln ertönen, wird sich der Auserwählte, der das männlich Göttliche und den Gott des Himmels repräsentiert, auf den Weg zu der Hütte im Wald machen, in der ich mich bereits seit den frühen Morgenstunden befinde, um mich entsprechend vorzubereiten und in der die Vereinigung unserer Körper wie auch die Vereinigung der göttlichen Macht in unseren Seelen bald stattfinden wird.

Langsam und bewusst trinke ich den bereitstehenden Becher mit dem traditionellen Gebräu, das der oberste Druide persönlich zubereitet hat, und dann lege ich mich auf das Bett und schließe die Augen. Ich nehme den Kontakt zu Mutter Erde auf. Erbitte, dass sie mich führt und leitet, dass sie über der Zeremonie wacht und uns ihren Segen gibt. Arton schleicht sich erneut in meine Gedanken und schweren Herzens und nur mit viel Kraft kann ich ihn aus meinem Kopf verbannen. Ich darf meine Kräfte jetzt nicht schwächen, indem ich grüble. So lasse ich mich in eine tiefe, innere Ruhe gleiten und versuche, mir auch keine Gedanken darüber zu machen, was mich erwartet, sobald der auserwählte Göttliche erst einmal hier ist. Mein Atem verlangsamt sich und ich horche meinem Herzschlag. Lasse mich in die Tiefen meiner Seele fallen, ins Nichts ... in die Stille. Irgendwann höre ich leise und weit entfernt wie durch Watte die ersten Trommelschläge.

Als der Rhythmus der Trommeln mich dann vollkommen erfüllt und durchdringt, öffnet sich die Türe der Hütte und der Auserwählte steht vor mir. Sein Oberkörper ist nackt und mit zahlreichen aufgemalten Symbolen verziert. Er ist groß, muskulös und trägt die traditionelle Maske des Himmelsgottes, dadurch sehe ich nur seine Lippen. Er wirkt ungemein maskulin und mein Herz beginnt, schneller zu schlagen. Da es bereits dunkel und der Raum nur noch mit Kerzen beleuchtet ist, kann ich seine Augen nicht richtig sehen, aber ich fühle seinen Blick intensiv auf mir ruhen und ein wohliger Schauer durchfährt mich. Er schließt die Tür hinter sich und schreitet gemächlich und mit katzenhafter Eleganz näher zum Bett. Wie eine Wildkatze, die sich ihrer hilflosen Beute nähert. Als er endlich dicht vor mir steht, erkenne ich seine wundervollen Augen.

Es ist Arton, der Geliebte, den ich die letzten vier Monate so schrecklich vermisst habe. Mein Herz pocht nun noch wilder und heftiger, wir lächeln uns strahlend an und ich bedanke mich bei den Göttern für ihre unerwartete Großzügigkeit. Es wird mir höchste Freuden bereiten, diesen einen Gott zwischen meine fruchtbaren Schenkel zu lassen und die Götter in uns zu ehren. In dem darauffolgenden Kuss liegt mehr als das Versprechen, uns einander in dieser einen Nacht völlig hinzugeben. Arton beginnt gerade damit, mich genussvoll aus meinem verführerischen Kleid zu schälen, ich zittere vorfreudig und meine Hände streicheln sanft seine muskulöse Brust, er fühlt sich so gut an. Ich will ihn endlich auf und in mir spüren, ich habe so lange auf diesen Moment gewartet! Dann erklingt plötzlich Sams Stimme aus der Ecke des Zimmers: „Da du sie scheinbar wirklich liebst und sie dich auch, werde ich mich künftig zurückhalten und den Kampf aufgeben. Gib gut auf sie acht, ansonsten kriegst du nämlich Probleme mit mir!"

Was zum Henker hat Sam denn hier in dieser Hütte verloren, denke ich verwirrt, und als ich stirnrunzelnd die Augen öffne, bin ich wieder im Krankenhauszimmer, wo sich Alex und Sam an der Türe vorne leise unterhalten. Bevor sie bemerken, dass ich wach bin, höre ich noch, wie Alex antwortet: „Ich liebe sie mehr als mein Leben und das Einzige, was ich will, ist, sie glücklich zu machen! Ich danke dir für dein Verständnis. Du bist wirklich ein sehr bewundernswerter und toller Mensch, Sam, das hat Alea völlig richtig erkannt. Es würde mich freuen, wenn wir Freunde werden können." Ich muss leise husten und die beiden wenden sich gleichzeitig dem Bett und somit mir zu. Ich freue mich über Sams Besuch, wir plaudern nett zu dritt und ich halte eine sagenhafte halbe Stunde durch, bevor ich erneut müde werde. Thor vermisst mich und ich ihn auch, aber leider dürfen Hunde nicht ins Gebäude. Ich weiß aber, dass er bei Sam vorerst in guten Händen ist. Morgen werde ich verlegt, danach bin ich zumindest einen Schritt näher daheim. Ich muss danach noch ein paar weitere Tage in unserem städtischen Krankenhaus bleiben, bevor ich endlich wieder nach Hause darf. Und ich freue mich schon darauf und lächle Sam zum Abschied zu, bevor ich wieder in die Traumwelt abdrifte. Wer weiß, vielleicht hat Arton ja auf mich gewartet, wenn ich Glück habe …

13. KAPITEL

Neuanfänge schmerzen nicht, ein Rückblick

14 Monate später ...

Heute ist mein 31. Geburtstag! Es ist Ende Oktober und die Bäume stehen in ihrem umwerfend schönen, farbenprächtigen Herbstkleid da. Es ist ein milder, sonniger Tag und ich sitze auf derselben Terrakottaterrasse in Lisas ehemaligem Garten, welche ich aus dem einen Traum von damals schon kenne und die jetzt die unsrige ist. Thor liegt vor meinen Füssen und schläft. Das neue Haus, unser neues Zuhause, ist seit knapp zwei Monaten fertig umgebaut und wir drei sind kurz danach zusammen hier eingezogen. Alex war während der gesamten Bauphase anwesend, hat überall auch selbst Hand angelegt und ein traumhaftes Plätzchen für uns erschaffen. In dieser Zeit haben wir bei mir gewohnt und uns schon mal einen Eindruck davon verschafft, wie sich das Zusammenleben so gestaltet. Es hat sich herausgestellt, dass wir wundervoll miteinander harmonieren, und unsere Liebe wächst von Tag zu Tag noch mehr, auch wenn uns das fast unmöglich erscheint. Wir fühlen uns beide trotz der engen und sehr intensiven Verbindung zwischen uns völlig frei und können über all unsere Gedanken miteinander reden. Es herrscht ein tiefes, inniges Verständnis zwischen uns. Und auch die körperliche Anziehungskraft zwischen uns hat in keiner Weise nachgelassen, ganz im Gegenteil.

Der Swimmingpool ist zugedeckt, zum Baden ist es inzwischen zu kalt geworden. Was die darin planschenden Kinder betrifft? Wir arbeiten daran, wie mein leicht gewölbter Bauch, welchen ich gerade zärtlich streichle, beweist. Während ich die fröhlich schwatzenden Leute im Garten beobachte, bringt Alex mir einen neuen Orangensaft, damit ich weiterhin mit den sich noch einfindenden Gästen auf unser aller Wohl anstoßen kann. Ich lächle ihn dankbar an, küsse ihn und frage: „Hast du was von Sabrina gehört inzwischen? Sitzen sie immer noch im Stau fest?" Bevor er mir jedoch antworten kann, werden wir von seinen ankommenden Eltern unterbrochen. Dorothea umarmt mich stürmisch, achtet aber extra darauf, dass sie mich nicht allzu fest an sich drückt, wie es sonst eigentlich ihre Art ist, und legt mir dann sanft ihre Hand auf den Bauch, als sie lächelnd fragt. „Und wie geht es denn meiner Lieblingsschwiegertochter und meinem zukünftigen Enkel?" Ich versichere ihr nachdrücklich, dass es uns beiden prächtig geht, bevor sie wieder auf die Idee kommt, nachzufragen, ob ich auch genug esse. Sie findet, dass man von meinem Babybauch noch viel zu wenig sieht, wo ich doch jetzt bereits im fünften Monat bin. Ich bin nachsichtig, denn ich weiß, sie freut sich ebenso sehr auf unser Kind wie wir. Außerdem finde ich, der kleine Prinz macht sich schon sehr breit. Zudem will er wohl mal Fußballprofi werden, er übt jedenfalls das Kicken schon sehr fleißig. Meine Ärztin hat zwar noch nicht gesehen, welches Geschlecht unser Baby hat, aber ich bin mir ganz sicher, dass es ein Junge werden wird! Nicht nur, weil ich das im Traum so gesehen habe. Ich kommuniziere auch mit dieser Seele bereits jetzt telepathisch.

Und ja, ihr habt richtig gelesen vorhin! Dorothea nannte mich ihre Lieblingsschwiegertochter. Dass ich ihre Favoritin bin, ist nicht weiter erstaunlich, denn ich bin ja ihre einzige Schwiegertochter, aber dass Alex und ich so schnell geheiratet haben, hingegen schon! Das hätte ich vor erst 15 Monaten niemals geglaubt oder erwartet, aber manchmal ändert sich einfach alles rasend schnell und dann lässt man sich nur noch vom Herz leiten … Ich erinnere mich an den Tag zurück, als Alex mir seinen Heiratsantrag gemacht hat. Es war genau vor einem Jahr, an meinem dreißigsten Geburtstag. Es war ein Donnerstag, Ich hatte mich erst kürzlich endlich komplett von der Schussverletzung und den darauffolgenden beiden Operationen erholt und mein neues Leben begann, sich wieder zu normalisieren.

Carmen hatte wie immer den ganzen Morgen über das Haus auf Hochglanz geputzt und rief anschließend nach oben zum Atelier, wo ich noch mit Malen beschäftigt war, dass ich runterkommen soll, um mit ihr die übliche Tee-Klatsch-Zeit einzuleiten. Obwohl es ein nicht sonderlich sonniger und auch eher kühler Tag war, hatte sie das Teegedeck draußen auf der Veranda vorbereitet. Ich persönlich wäre lieber drinnen in der Küche geblieben, sagte ihr das auch, aber sie bestand ausdrücklich darauf, dass wir uns an die frische Luft setzen. Also seufzte ich bloß und zog mir eine Strickjacke über, als ich mich zu ihr auf die Veranda setzte. Wir waren wie üblich angeregt am Plaudern, aber mir fiel auf, dass sie immer wieder nervös in den Himmel blickte. Irgendwann habe ich sie dann neugierig gefragt, ob sie nach einem Gewitter Ausschau halte oder sonst irgendwie Post aus dem Universum erwarte? Sie sah mich einen kurzen Moment lang erschrocken an und wurde verlegen. Bevor ich nachhaken konnte, was denn nun los sei, war in der Ferne das Grollen eines sich nähernden Flugzeugs zu hören. Carmen schoss wie von der Tarantel gestochen auf, packte mich an der Hand und rief: „Los, komm mit, jetzt ist es so weit!"

Sie zog mich hastig die Verandatreppe mit runter und hinter sich her in den Obstgarten. Dann blieb sie stehen und sagte: „Hör zu Liebes, du musst jetzt hier stehen bleiben, weiter in den Himmel gucken und einfach abwarten. Es ist wichtig! Und genieß es!" Mit diesen Worten und einem geheimnisvollen Lächeln verschwand sie danach einfach Richtung Haus. Nachdem ich ihr verwirrt und stirnrunzelnd beim Weggehen zugesehen hatte, wendete ich meine Aufmerksamkeit wieder dem wolkenverhangenen Himmel zu, während das Dröhnen des Flugzeugmotors immer näherkam. Als dann das Flugzeug kurz darauf in meine Sichtweite flog, entfaltete sich hinter ihm ein großes rotes Banner, auf welchem zu lesen war:
ALEA: UNSERE LIEBE IST HIMMLISCH, ABER LASS SIE UNS DENNOCH IRDISCH EBENFALLS BESIEGELN! HEIRATE MICH BITTE!!! ALEX

Und noch während dem Lesen, Staunen und Freuen schlich sich Alex hinter mich und umfasste mich plötzlich sanft von hinten. Als das Flugzeug gewendet, nochmal im Sichtflug vorbeigeflogen und entschwunden war, drehte Alex mich zu sich um, schaute mich erwartungsvoll an und meinte: „Na, was sagst du dazu, mein Wildkätzchen?" Ich fiel ihm um den Hals und hab ihm mein „JA" leise, aber deutlich ins Ohr geflüstert, bevor wir uns in den Tiefen eines zuckersüßen Kusses verloren.

Am 9. Mai dieses Jahres haben wir geheiratet. Ganz untraditionell und ohne Segen der Kirche. Dafür an einem schneeweißen, feinkörnigen und traumhaften Sandstrand. Zusammen mit Familie und Freunden UND einem weißhaarigen Schamanenpriester, welcher uns in einer ungewöhnlichen, aber sehr ergreifenden Zeremonie getraut hat. Die Szene hatte übrigens sehr große Ähnlichkeit mit meinem allerersten Traum, den ich von Alex und mir zu Beginn träumte. Die Worte des Schamanen, welche er nach Absprache mit uns zum Schluss gesprochen hatte, waren natürlich: „Ich bin du und du bist ich, zusammen seid ihr eins. So war es, so ist es und so soll es sein. Ihr dürft euch jetzt küssen, um diesen Bund zu besiegeln."

Inzwischen sind sämtliche Gäste eingetrudelt. Sabrina und Lukas sind vorhin mit ihren drei kleinen, wilden Wirbelwinden als Letzte eingetroffen und befinden sich noch auf der allgemeinen Begrüßungsrunde, nachdem sie mich, das Geburtstagskind, zuallererst überschwänglich beglückwünscht haben. Sabrina hat damals große Augen gemacht, als Alex letzten Oktober der Familie offiziell verkündete, dass ich seine zukünftige Frau sein werde und ich seinen Antrag soeben angenommen hätte. Und natürlich war sie genauso erleichtert und froh, das zu hören, wie Alex Eltern, denn davor hielt sich ja im Dorf eine Zeit lang hartnäckig das Gerücht, dass er mit Savannah liiert sei. Dafür hatte die gute Frau Roth, unsere Apothekerin, wie von mir vermutet, ausgiebig gesorgt. Sam ist heute ebenfalls hier, er und Alex sind inzwischen richtig gute Kumpels geworden, was mich wirklich sehr freut. Die beiden gönnen sich zwischendurch gemeinsam ein Bier im Pub, wenn zum Beispiel ein Fußballspiel läuft oder auch mal einfach so. Oft joggen sie zusammen mit Thor durch den Wald und auch jetzt sind sie ebenfalls gerade in ein scheinbar höchst amüsantes Gespräch vertieft, während sie nebeneinander am Grill stehen. Thor, Wache schiebend, gleich dicht daneben, schließlich könnte ja ein Würstchen vom Grill fallen … Alex hatte damals schon im Vorfeld absolut den richtigen Riecher gehabt: Thor liebt Wurst über alles!

Etliche Stunden später, die Gäste sind auch alle gegangen und Alex und ich haben das Notwendigste bereits aufgeräumt, ziehen wir uns aus, um endlich ins Bett zu gehen. Den Rest der Arbeit wird Carmen morgen früh erledigen. Sie bleibt uns erhalten und hat sich sogar bereit erklärt, ihr Pensum künftig aufzustocken, um uns zu entlasten, sobald unser Zauberzwerg auf der Welt ist. Alex und ich liegen in unserem Bett, haben uns vorhin gerade ziemlich stürmisch geliebt und sind beide noch in der Glückseligkeit. Mit ihm hat sich der Sex für mich in eine nicht ganz neue, aber noch viel aufregendere und beglückendere Richtung entwickelt.

Und ich habe verstanden, dass es sehr wohl seine Wichtigkeit hat, dass beim sexuellen Akt der eine den männlich leitenden Part übernimmt, während der andere den weiblich empfangenden genießt. Dass dabei die Rollen durchaus auch mal getauscht werden können, ist klar. Das integrieren wir ebenfalls, obschon es mir immer noch besser gefällt, wenn Alex die männliche, dominierende Kraft verkörpert. Mit seinem leisen Schnarchen im Ohr, scheinbar ist Alex ins Traumreich entschwunden, sinniere ich schmunzelnd weiter vor mich hin. Mein neues Leben fühlt sich sogar noch viel besser an als das alte, welches ich ja durchaus ebenfalls schon sehr genossen habe. Ich vermisse nichts. Ich verbinde mich mit Vater Himmel und Mutter Erde, erbitte mir ihren Schutz und Segen für Alex, mich und unsere Saat der Liebe, welche in meinem Körper heranwächst, und schlafe dann glücklich und selig lächelnd ein.

Im Traum kommt Lisa zu mir. Sie freut sich sehr, dass Alex und ich zusammen hier in ihrem Haus wohnen und es mit neuem Leben erfüllen. Sie versichert mir, dass Alex genau der richtige Mann für mich sei und dass sie zu Lebzeiten immer geahnt hat, dass da etwas Magisches zwischen uns ist. Sie freut sich darüber, dass sie uns an ihrer Beerdigung zusammengebracht hat, und sie sagt zum Schluss: „Eure eigentliche Aufgabe beginnt erst, Alea. Du und Alex, ihr müsst nun lernen, mit der erhaltenen Macht, welche euch verliehen wurde, umzugehen! Aber keine Angst. Wir sind immer bei euch und bieten euch unsere Unterstützung. Ihr müsst uns nur rufen und darum bitten. Leb wohl mein Kind und achte gut auf dich und euren Sohn."

Als Alex und ich morgens am Frühstückstisch sitzen, erzähle ich ihm von meinem Traum und Lisas Botschaften. Er schaut mich zärtlich an, schmunzelt und sagt dann: „Bei mir war sie auch zu Besuch und sie hat mir so ziemlich dasselbe ebenfalls gesagt." Wir lachen erheitert zusammen. Inzwischen erstaunen uns solche Begebenheiten nicht mehr wirklich! Manchmal ist es ein bisschen unheimlich, aber im großen Ganzen fühlt sich diese Seelensache so richtig großartig an! Was Lisa wohl damit gemeint hat, als sie davon sprach, dass unsere eigentliche Aufgabe grad erst beginnt. Während ich darüber nachsinniere, wird mir klar, dass es egal ist. Denn zusammen werden wir alles meistern, was das Leben uns ab jetzt bietet, und wir freuen uns dankbar auf alles, was noch kommen mag. Wir sind ganz einfach jeden Tag glücklich darüber, einander in den Wirren dieser irren Erdengeschichte einmal mehr gefunden zu haben.

*Es gibt eine Liebe, die über jede Liebe erhaben ist,
die Leben überdauert.
Zwei Seelen aus einer entstanden. Vereinigt wie zwei Flammen.
Identisch – und doch getrennt. Manchmal zusammen,
durch Gefühl und Verlangen verschweißt.
Manchmal getrennt, um zu lernen und zu wachsen.
Aber einander immer wieder findend.
In anderen Zeiten, anderen Orten.
Wieder und wieder ...*

Überlieferung aus dem 6. Jahrhundert vom japanischen Patriarchen Tatsuya

Ende

Die Autorin

Die 1969 in Solothurn geborene Gabriela Meyer absolvierte nach dem Besuch der Primar- und Bezirksschule Dulliken eine Ausbildung zur Detailhandelsangestellten. Anschließend war sie als Außendienstmitarbeiterin, Sekretärin, Sachbearbeiterin sowie Stv.-Innendienstleiterin einer Versicherung tätig. Es folgte eine lange Familienzeit, danach stieg sie wieder in den Verkauf ein. Die Mutter eines erwachsenen Sohnes lebt heute am Thunersee und ist in ihrer Freizeit häufig in der Natur anzutreffen, gerne aktiv und beschäftigt sich mit Gesundheit und Musik. Die nahezu immer optimistische Autorin liebt es, zu lesen und zu schreiben und geht möglichst urteilsfrei durchs Leben. „Endlos verbunden" ist ihr Erstlingswerk.

novum VERLAG FÜR NEUAUTOREN

Der Verlag

„ *Wer aufhört besser zu werden, hat aufgehört gut zu sein!*

Basierend auf diesem Motto ist es dem novum Verlag ein Anliegen neue Manuskripte aufzuspüren, zu veröffentlichen und deren Autoren langfristig zu fördern. Mittlerweile gilt der 1997 gegründete und mehrfach prämierte Verlag als Spezialist für Neuautoren in Deutschland, Österreich und der Schweiz.

Für jedes neue Manuskript wird innerhalb weniger Wochen eine kostenfreie, unverbindliche Lektorats-Prüfung erstellt.

Weitere Informationen zum Verlag und seinen Büchern finden Sie im Internet unter:

w w w . n o v u m v e r l a g . c o m